Katrin Koppold

Marzipanküsse

AF200674

Buch

*„Traue niemals rothaarigen Männern mit Bart. Sie haben unserer
Familie seit Generationen nur Unglück gebracht."*

Wie oft hatte Rosalie diese Warnung schon aus dem Mund ihrer
Großmutter gehört! Warum bitte taucht also ausgerechnet jetzt, kurz
vor ihrer romantischen Winterhochzeit, ein solches Exemplar von
Mann in ihrem Leben auf? Und was noch schlimmer ist: Pat ist auch
noch der Trauzeuge ihres Verlobten.
Rosalie ist sich sicher, dass der arrogante Kerl nicht nur eine Gefahr für ihre Traumhochzeit darstellt, sondern auch für das schwache
Herz ihrer geliebten Oma. Er darf ihr auf keinen Fall begegnen!
Gemeinsam mit ihren Freundinnen heckt sie allerlei Pläne aus,
um Patrick loszuwerden. Blöd nur, dass ihr eigenes verflixtes Herz in
seiner Gegenwart immer wie verrückt pocht – und dass seine Küsse
süß wie Marzipan schmecken …

Autorin

Katrin Koppold alias Katharina Herzog begeistert an ihrem Beruf,
dass sie als Autorin immer wieder zu Recherchezwecken in die Länder fahren kann, in denen ihre Bücher spielen. Für ihre erwachsenen
Leser reiste sie an die Amalfiküste, nach Amrum, La Gomera und
vielen weiteren Orten, an die sie ihr Herz verloren hat.
Mit ihrem ersten Jugendroman, der im Herbst 2019 bei Loewe
erscheint, erfüllte sie sich einen besonderen Wunsch: Sie ist nach
Island geflogen, wo sie Wale beobachtete, ein Flugzeugwrack mitten
im Nirgendwo besuchte und sich den schwarzen Sand am Diamant-
strand durch die Finger gleiten ließ.

Für mehr Informationen:
www.katharina-herzog.com

Katrin Koppold

Marzipanküsse

Roman

Bibliografische Information der Deutschen Nationalbibliothek:
Die Deutsche Nationalbibliothek verzeichnet diese Publikation
in der Deutschen Nationalbibliografie; detaillierte bibliografische
Daten sind im Internet über http://dnb.dnb.de abrufbar.

© Aureolus Verlag 2019
Inhaberin: Katrin Hohme, Marzling
1. Auflage

Covergestaltung © Claudia Kaschmieder Graphikdesign & Il-
lustration
Covermotive: shutterstock
Lektorat: Anne Fröhlich und Isabelle Deckert
Korrektorat: Sybille Weingrill
Herstellung und Verlag: BoD – Books on Demand, Norderstedt

ISBN: 9783750414570

1. Kapitel

„Siehst du den komischen Kerl, der bei dem Karten-ständer steht?", wisperte ich meiner Kollegin Elke zu.

Elke, die gerade dabei war, kleine Weihnachtsengel auf dem Tisch mit den Kinderbüchern zu verteilen, nickte. „Ja, er beobachtet mich die ganze Zeit." Ihre Wangen waren vor Aufregung leicht gerötet. „Sieht ein bisschen aus wie Prinz Harry, findest du nicht? Ich kann immer noch nicht fassen, dass diese Schauspielerin ihn mir weggeschnappt hat." Beim Wort Schauspielerin verzog sie den Mund, als hätte sie in etwas wirklich Ekliges gebissen.

Ich verkniff mir, ihr zu sagen, dass sie vermutlich auch ohne das Auftauchen Meghan Markles eher weni-ger Chancen gehabt hätte, bei Sexy-Harry zu landen. Wegen ihrer Flugangst wäre Elke ohnehin niemals nach England gekommen, und außerdem konnte ich mir einfach nicht vorstellen, dass Frauen mit selbst gestrick-ten Weihnachtsbaum-Ohrringen in sein Beuteschema passten. Ich schaute zu dem Mann mit den vollen roten Haaren und dem ebenso dichten Vollbart hinüber. In seines passten sie aber sicherlich auch nicht. Er war zu groß, zu muskulös, zu lässig gekleidet mit seinen zerris-senen Jeans, den Schnürboots und der rot karierten Flanelljacke.

Misstrauisch beäugte ich ihn. Gerade zog er eine Karte aus einem Fach und musterte sie intensiv.

„Ich glaube ja, dass er was klauen will", sagte ich zu Elke. „Der Typ lungert nun schon ewig hier im Laden herum. Bereits als ich dem netten älteren Herrn ein Buch für seine Frau empfohlen habe, hat er sich hier rumgedrückt. Das ist bestimmt zehn Minuten her."

„Quatsch!" Elkes Blick lag immer noch schwärmerisch auf dem Highlander. „Der wirkt doch total harmlos."

„Das hast du von dem Opa mit der Beinprothese auch gesagt, bevor er mit dem Daniela-Katzenberger-Kalender auf und davon ist." Ich hätte es nie für möglich gehalten, dass jemand, der augenscheinlich über achtzig war und nur ein Bein hatte, so schnell rennen konnte. „Außerdem sind rothaarige Männer mit Vollbart niemals harmlos. Meine Großmutter hat mich von klein auf vor ihnen gewarnt."

Elkes ungezupfte Augenbrauen schnellten in die Höhe. „Wieso das denn?"

„Weil sie unserer Familie seit Generationen nichts als Unglück bringen. Egal, was uns jemals zugestoßen ist, es war immer ein rothaariger Mann mit Vollbart daran schuld. Sie haben geraubt, gemordet, Ehen zerstört." Letzteres erschien mir besonders brisant, denn in drei Tagen würde ich heiraten. Kai-Uwe, den tollsten Mann der Welt.

„In deiner Familie wurde jemand ermordet?" Elkes Augen funkelten.

„Ja, im vierzehnten Jahrhundert. Ein Kaufmann. Er handelte mit Gewürzen. Sein Schiff wurde von Piraten überfallen, und der Anführer, der ihm den Säbel in seine Eingeweide rammte …"

„… war rothaarig und hatte einen Vollbart?"

„Genau. Die Liste würde sich endlos fortsetzen lassen. Seitdem sehen wir zu, dass wir immer einen großen Bogen um solche Männer machen." Dass der Lkw-Fahrer, der den Unfall verschuldet hatte, bei dem meine Eltern gestorben waren, ebenfalls rote Haare und einen Vollbart gehabt hatte, erwähnte ich nicht. Denn Trauer machte Falten. Es war besser, sie einfach zu ignorieren.

Jetzt, da der Kerl bemerkte, dass auch ich ihn anstarrte, erwiderte er meinen Blick nicht nur, sondern zwinkerte mir auch noch zu. Ich schnaubte und rückte einem kleinkindgroßen Schneemann den Hut gerade.

Kleckern, nicht klotzen, war zur Weihnachtszeit die Devise von Elisa, meiner Freundin – und Chefin. In *Lizzies Bücherträume*, dem Buchladen, in dem ich neben meiner Arbeit in einem Kinderbuchverlag stundenweise aushalf, befand sich langsam mehr Dekokram als Bücher.

„Jetzt, wo du es sagst: Der Typ hat etwas von einem Piraten. Wir müssen ihn auf frischer Tat ertappen." Elke reckte das Kinn. Von ihrer Schwärmerei war nichts mehr zu spüren.

„Und wie sollen wir das deiner Meinung nach anstellen?"

„Wir nehmen uns zwei Bücher und tun so, als wären wir ganz darin vertieft. Und wenn er versucht, etwas mitgehen zu lassen … Zack! Dann schnappe ich ihn!"

„Glaubst du, dass das so einfach ist? Er hat ziemlich breite Schultern und ist verdammt muskulös."

„Kein Problem. Ich habe jahrelang Capoeira gemacht."

„Das ist doch dieser Tanz-Kampf, bei dem man sich nicht berühren darf."

„Genau."

„Und was genau willst du tun, um ihn zu stellen? Ihn mit Saltos und Radschlägen in eine Ecke drängen und dort festhalten, bis die Polizei kommt?"

„Mach dich nur lustig. Meine Fußschläge waren berüchtigt. Ich bin deswegen bei mehreren Wettkämpfen disqualifiziert worden. Los jetzt!" Elke drückte mir eines der Kinderbücher in die Hand, die sie gerade auf dem Tisch arrangiert hatte.

„Mein schönstes Weihnachts-Wimmelbuch. Ernsthaft?"

„Wir können gerne tauschen, und du nimmst Lotti und der Weihnachtskobold."

„Das Wimmelbuch spricht mich dann noch etwas mehr an." Während ich mir eine Weihnachtsmarkt-Szene anschaute und zählte, wie viele Menschen darauf zu sehen waren, linste ich immer wieder zu dem Mann hinüber. Jetzt zog er eine Glückwunschkarte aus dem Kartenständer und schaute sich um.

„Es ist so weit!", zischte Elke.

Mein Pulsschlag beschleunigte sich. Ich war zwar kein ängstlicher Typ, aber mit der Warnung meiner Oma im Kopf war ich mir nicht sicher, ob es angemessen war, wegen einer Glückwunschkarte ein solches Risiko einzugehen.

Die Hand des Mannes wanderte zu der Tasche seiner Jacke. Ich hielt den Atem an. Gleich würde er die Karte darin verschwinden lassen. Doch zu meiner Überraschung nahm er etwas heraus. Mit seiner Geldbörse in der Hand kam er auf uns zu.

„Ich möchte die Damen ja nur ungern bei ihrer anregenden Lektüre stören. Aber wäre eine von euch so freundlich, diese Karte abzukassieren?" Sein breites Grinsen zeugte von einem gesegneten Selbstbewusstsein und offenbarte eine Reihe makellos weißer Zähne. Wie lange er als Jugendlicher wohl eine Zahnspange getragen hatte? Ich hatte für ein weniger perfektes Ergebnis sogar ein halbes Jahr mit einem Außenbogen herumlaufen müssen.

„Selbstverständlich." Ich klappte das Wimmelbuch zu. Mein Gesicht musste so rot wie eine Nikolausmütze sein, und am liebsten hätte ich mir eine solche jetzt übergestülpt, um mich darunter zu verstecken. Der Typ hatte bei der Auswahl seiner Karte einfach nur ein wenig länger gebraucht, und ich hatte mich aufgeführt wie Miss Marple. Nur wegen seiner Haare!

Er legte eine Hochzeitskarte neben die Kasse. Typisch Mann, hatte er sich für ein schlichtes Modell entschieden. Zur Hochzeit die allerbesten Wünsche stand unter zwei goldgeprägten Eheringen. Ich hielt es in dieser Hinsicht ja eher mit Elisa und ihrem Mehr ist mehr.

„Sie gehen also auf eine Hochzeit", sagte ich und ärgerte mich im nächsten Moment darüber. Wie scharfsinnig! Und wieso verwickelte ich ihn überhaupt in ein Gespräch, anstatt ihm einfach nur das Wechselgeld herauszugeben? Dieser Mann hatte etwas an sich, was mich wahnsinnig verunsicherte. Nicht nur wegen der unheilvollen Farbe seiner Kopf- und Gesichtsbehaarung, sondern auch, weil er mich so ungeniert musterte. Kannten wir uns vielleicht von irgendwoher?

„Ja, am Wochenende ist es schon so weit", antwortete er.

„Ach!" Ich horchte auf. „Ich heirate auch am Wochenende."

„Dein Zukünftiger ist ein Glückspilz." Er lächelte charmant und ließ die Hochzeitskarte in seiner Jackentasche verschwinden. „Man sieht sich!", sagte er noch, bevor er sich in Richtung Ausgang begab.

Hoffentlich nicht!

2. Kapitel

„Hast du gesehen, wie er mir zugezwinkert hat?", fragte Elke, kaum dass die Eingangstür hinter dem Mann zugefallen war. Ihre Wangen leuchteten nun dunkelrot wie die Blütenblätter des Weihnachtssterns auf dem Verkaufstresen.

Ja, das hatte ich. Genau, wie er es bei mir getan hatte. Der Kerl hielt sich anscheinend für unwiderstehlich. Schlecht sah er ja nicht aus, wenn man auf den Typ Schotte, der im Wald arbeitet stand. Mein Geschmack war das nicht. Ich mochte lieber Männer wie Kai-Uwe: Männer, die sich zu benehmen wussten, die einen Rasierapparat besaßen (und auch benutzten!) und die Anzüge trugen. Nichts ließ sich so erotisch ausziehen wie Hemd und Krawatte. Leider stand Kai-Uwe kurz davor, Partner in der Großkanzlei zu werden, in der er als Wirtschaftsprüfer arbeitete, und hatte deshalb in den letzten Monaten nur selten den Kopf frei gehabt für erotische Abenteuer. Ich hoffte sehr, dass die Hochzeit daran etwas ändern würde. Versprochen hatte er es mir.

Dass wir bisher kein Haus gefunden hatten, das seinen Ansprüchen genügte, kam erschwerend hinzu. Ich wohnte immer noch bei meinen Großeltern, er in einer winzigen Ein-Zimmer-Wohnung im Souterrain der Villa seiner Eltern. Dort schlief ich zwar mehrmals pro Woche, aber auf Dauer war das kein Zustand. Kein Mensch konnte wilden, hemmungslosen Sex haben in dem Wissen, dass direkt über ihm die Schwiegereltern fernsahen.

„Dir hat Prinz Harry auch gefallen, nicht wahr?" Elke rammte mir ihren Ellenbogen in die Seite.

„Nein! Wie kommst du denn darauf?"

„Du hast ihm nachgeschaut und geseufzt."

„Ja, vor Erleichterung, dass er endlich weg ist. Was für ein unverschämter Kerl!"

„Ich fand ihn toll." Nun seufzte auch Elke. „Bestimmt ist er unglaublich geschickt mit seinen Händen."

„Du liest zu viel erotische Romane ... Streite es nicht ab! Als ich letztens bei dir zu Hause war, standen alle drei Bände von Fifty Shades of Grey auf deinem Nachtschränkchen. Und The Mister."

„Man muss schließlich wissen, was man den Kunden empfiehlt. Außerdem bist du es, die hier die schmutzige Fantasie hat: Ich wollte nur andeuten, dass ein Mann wie der garantiert das Regal mit den Erstlesebüchern reparieren könnte. Es hängt so schief, dass wir froh sein müssen, dass es noch niemanden erschlagen hat."

„Wollte Mark das nicht machen?"

„Was ist mit Mark?" Elisa war aus dem Büro gekommen. Hätte sie ihre dunklen Haare zu einem Dutt am Oberkopf aufgetürmt und würde ein kleines Schwarzes tragen statt eines schmal geschnittenen Bleistiftrocks und eines Rollkragenpullovers, wäre sie mit ihrer zierlichen Figur, den braunen Rehaugen und dem breiten Mund die perfekte Reinkarnation von Audrey Hepburn aus Frühstück bei Tiffany gewesen. Doch man durfte sich von ihrem zarten Aussehen nicht täuschen lassen. Elisa war ziemlich tough, und sie sagte offen ihre Meinung, was ich sehr an ihr schätzte. Wir hatten uns angefreundet, nachdem ich festgestellt hatte, dass meine Teilzeitstelle bei *Zauberblume* – einem kleinen, aber anspruchsvollen Kinderbuchverlag – nicht ausreichte, um in einer Stadt wie München einigermaßen über die Runden zu kommen.

„Wir haben uns nur gefragt, wann dein Herzblatt endlich das Regal in der Kinderbuchabteilung repariert", antwortete Elke. „Es hat inzwischen ganz schön Schlagseite."

„Nächste Woche. Das hat er mir hoch und heilig versprochen. Diese Woche hat er zu viele Termine. Ich frage mich, wieso Heizungen immer im Winter kaputtgehen."

„Vielleicht weil sie im Sommer ausgeschaltet sind?" Ich hob die Augenbrauen.

Elisa ging nicht darauf ein. „Was ist denn mit den Büchern auf der Theke?" Sie wies auf Lotti und der Weihnachtskobold und das Wimmelbuch, die wir dort abgelegt hatten. „Hat die wieder jemand mit Schokoladenfingern angetatscht? Ihr wisst ja, wie sehr ich Weihnachten liebe, aber allmählich bin ich wirklich froh, wenn der Advent vorbei ist. Erst gestern hat eine Kundin den neuen Renate Bergmann an die Kasse gebracht, um mir zu zeigen, dass eine plattgedrückte Marzipankartoffel auf der Rückseite klebt."

Oh! Ich biss mir auf die Unterlippe. Da war sie also hin. Ich hatte das köstliche kleine Ding gestern schon schmerzlich vermisst. Für Marzipan hatte ich nämlich eine Schwäche.

„Mit den Büchern ist alles in Ordnung", erklärte Elke. „Die haben uns nur als Tarnung gedient. Wir hätten nämlich fast einen Dieb auf frischer Tat ertappt."

Ich nickte. „Elke wollte ihn mit Capoeira in Schach halten, bis die Polizei kommt."

Elisa runzelte die Stirn. „Habt ihr euch heimlich rausgeschlichen und Glühwein getrunken, während ich im Büro war und Rechnungen geschrieben habe?"

„Nein." Elke schüttelte so energisch den Kopf, dass die Häkel-Weihnachtsbäume gegen ihre Wangen klatschten. „Wir haben wirklich gedacht, dass der Mann etwas klauen will."

„Und was?"

„Eine Hochzeitskarte. Hat er aber nicht. Er hat sie anstandslos bezahlt."

„Nachdem der einbeinige Opa den Kalender hat mitgehen lassen, wollten wir auf Nummer sicher gehen und haben ihn beschattet", erklärte ich. „Er hat sich ewig am Kartenständer herumgedrückt. Welcher Mann tut so was? Kai-Uwe jedenfalls nicht."

Kai-Uwe! Ich schaute auf die Uhr. So spät! Ich hätte schon vor einer Viertelstunde Schluss machen können.

„Ich muss jetzt los!", sagte ich und schnappte mir meinen Mantel. „Gott, bin ich aufgeregt! Kai-Uwe will mir doch heute Abend seinen Trauzeugen vorstellen. Er ist heute von Schottland rübergeflogen. Jetzt wird es ernst. Nur noch drei Tage!"

„Ja, die Zeit ist ziemlich schnell vergangen." Elisas Lächeln fiel irgendwie gequält aus. Auch wenn sie versuchte, es vor mir zu verbergen, wusste ich genau, dass sie keine Lust auf die Hochzeit hatte, und mir war auch klar, warum: Sie würde dort Kai-Uwes Mutter begegnen. Konstanze Hasselbusch war ihre Vorgesetzte gewesen, bis sie ihr den Buchladen vor anderthalb Jahren – mit der finanziellen Unterstützung ihres Ehemannes Mark – abgekauft hatte. Die beiden hatten kein besonders herzliches Verhältnis gehabt. Dabei war meine Schwiegermutter eigentlich ganz in Ordnung. Sie konnte nur manchmal nicht aus ihrer Haut. Genau wie Kai-Uwe.

Jetzt musste ich mich aber wirklich beeilen! Ich schnappte mir meinen Mantel und war im nächsten Augenblick zur Tür hinaus.

Auf dem Weg zur Trambahn wurde ich fast von einem BMW überfahren. Mit quietschenden Reifen kam der Wagen nur ein paar Meter vor mir zum Stehen, und sein Fahrer, ein junger milchgesichtiger Kerl, schimpfte und zeigte mir einen Vogel. Ich machte eine entschuldigende Geste. Er hatte ja recht. Tief in Gedanken versunken, hatte ich die Straße überquert, ohne nach rechts oder links zu schauen. Mister Roter Vollbart ging mir nicht aus dem Kopf. Hoffentlich war es kein schlechtes Omen, dass er mir ausgerechnet jetzt über den Weg gelaufen war!

Ich spürte, wie ich trotz meines kuschligen Kunstfell-Mantels eine Gänsehaut bekam. Seit fast einem Jahr plante ich nun schon die Hochzeit, und sie musste einfach perfekt werden. Schließlich legten wir mit diesem Tag das Fundament für unsere Zukunft! Ich sah sie ganz deutlich vor mir. Ein süßes Häuschen ein wenig außerhalb von München mit einem kleinen Garten für unsere mindestens zwei Kinder. Wir würden bis an unser Lebensende zusammen glücklich sein. Endlich würde ich wieder eine Familie haben! Eine Familie, die nicht nur aus Opa, Oma und mir bestand. Diesen Plan durfte niemand durchkreuzen!

3. Kapitel

Die Wohnung meiner Großeltern lag ganz in der Nähe vom Odeonsplatz, einer der besten Adressen in München. Nach dem Krieg hatten sie sie für einen Spottpreis gekauft. Jetzt war sie weit über eine Million wert. Das hatte zumindest Kai-Uwe behauptet, als er mich das erste Mal dort besucht hatte, und er kannte sich mit Immobilien aus. Ich hätte zwar nichts dagegen gehabt, mir nicht ständig Gedanken darüber machen zu müssen, was ich mir leisten kann, aber im Grunde war mir der Wert der Wohnung herzlich egal. Denn bevor ich sie erben würde, mussten meine Großeltern sterben, und dieser Gedanke war so furchtbar, dass ich ihn stets in die hinterste Windung meines Gehirns schob.

Opa war wie immer mittwochabends bei seinem Altherren-Stammtisch im Hofbräuhaus, aber Oma war zu Hause, als ich die Wohnung betrat. Mit dem Stock in der Hand marschierte sie gerade vom Wohnzimmer zur Küche. Seit ihrem Herzinfarkt war sie auf die Gehhilfe angewiesen. Sir James, ihre französische Bulldogge, folgte ihr. Bei meinem Anblick wurde sein zerknautschtes Gesicht gleich noch ein bisschen missmutiger. Obwohl ich nahezu gleichzeitig mit ihm eingezogen war und jahrelang hier gewohnt hatte, empfand er mich immer noch als Eindringling.

„Möchtest du auch einen Tee?", fragte Oma.

„Nein. Ich spring nur schnell unter die Dusche und bin dann auch schon weg. Ich bin mit Kai-Uwe zum Essen verabredet. Patrick kommt auch."

„Nimm dir ein Taxi, wenn du zurückfährst ja? Abends treibt sich ja ein ziemliches Gesindel auf den Straßen herum." Sie stützte ihre beringten Hände auf den silbernen Knauf des Gehstocks.

„Natürlich!", sagte ich gehorsam, obwohl ich das garantiert nicht machen würde. Ich liebte es, zur Weihnachtszeit durch die nächtlichen Straßen zu gehen und mir hübsch dekorierte Fenster anzuschauen. Außerdem würde mich mein Weg nicht durch irgendwelche dunklen Gassen, sondern fast ausschließlich durch die Fußgängerzone. Dass Oma mich immer noch wie ein kleines Kind behandelte … Ich begann, meinen Entschluss zu bedauern, nicht nur in der Nacht vor der Hochzeit nicht bei Kai-Uwe zu übernachten, sondern gleich die ganze Woche. Aber er sollte auf keinen Fall einen Blick auf mein Brautkleid erhaschen, immerhin brachte das Unglück! Unglaublich, wie viele potenzielle Gefahren so ein Hochzeitstag barg! Gott sei Dank hatte ich mich im Vorfeld ausführlich im Internet informiert, und ich war wild entschlossen, sämtliche Risikofaktoren auszuschalten.

So war es für mich selbstverständlich, dass ich an diesem Tag etwas Altes, etwas Neues, etwas Geborgtes und etwas Blaues tragen würde. Ein blaues Strumpfband, meine neuen Hochzeitsschuhe und die zarte goldene Kette meiner Mutter (eine Perlenkette wäre natürlich nicht infrage gekommen, denn Perlen brachten Tränen) lagen in einer rosafarbenen Schachtel bereit. Geborgt – na gut, gemietet – war das Brautkleid. Das würde ich Kai-Uwe gegenüber zwar nie zugeben, aber ich sah einfach nicht ein, dass meine Großeltern Tausende von Euros für ein Kleid ausgeben sollten, das ich sowieso nur ein einziges Mal anzog. In der Hinsicht war ich pragmatisch. Außerdem konnte ich mir auf diese Weise ein wunderschönes Modell von Giuseppe Papini leisten, einem italienischen Designer.

Ach Mensch! Meine Vorbereitung war perfekt gewesen. Und dann musste mir heute dieser Highlander über den Weg laufen.

Solange ich denken konnte, hatte Oma einen großen Bogen um solche Männer geschlagen. Als Prinz Harry das letzte Mal auf Deutschlandbesuch gewesen war, hatte sie sich in ihrem Zimmer eingeschlossen. Und ich konnte mich noch gut daran erinnern, wie sie sich ein paar Jahre vorher geweigert hatte, einen rothaarigen Schornsteinfeger ins Haus zu lassen. Sie hatte sogar bei seinem Chef angerufen und darum gebeten, ihr künftig nur noch Mitarbeiter mit schwarzen, brünetten, blonden, grauen oder gar keinen Haaren zu schicken.

Früher hatte ich Oma wegen ihres Aberglaubens aufgezogen. Doch dann war vor acht Jahren ein rothaariger Lkw-Fahrer mit Bart ungebremst in das Ende eines Staus gerast. Er hatte seine Ruhezeiten nicht eingehalten und war am Steuer eingeschlafen. Das hatte die Gerichtsverhandlung ergeben, auf der er wegen fahrlässiger Tötung von zwei Menschen zur Verantwortung gezogen wurde. Meine Eltern hatte das nicht wieder lebendig gemacht. Und an diesem Tag hatte ich nicht nur Mama und Papa verloren, sondern auch das sichere Gefühl, dass Schicksalsschläge immer nur andere Menschen trafen.

Um mich von diesen düsteren Gedanken abzulenken, ging ich in mein Zimmer und nahm mein Brautkleid aus dem Schrank. Versonnen presste ich es an mich und wiegte mich vor dem Spiegel hin und her. Seine eng anliegende Korsage war aus nordfranzösischer Spitze, der meterlange Tüllstoff des Rocks kam aus Mailand. Es sah aus wie ein Prinzessinnenkleid und passte somit perfekt zu dem Ambiente, in dem die Hochzeit stattfinden würde.

Kai-Uwe und ich würden in einer Kirche mit Blick auf Schloss Neuschwanstein heiraten, dem Märchenschloss schlechthin. Die anschließende Feier würde in einem schnuckligen kleinen Hotel direkt am Alpsee stattfinden. Seit ich als kleines Mädchen mit meinen Eltern und meiner Oma einen Ausflug nach Füssen unternommen hatte, träumte ich von einer solchen Hochzeit und davon, dass sie im Winter stattfand – inmitten von glitzerndem Schnee. Bisher spielte das Wetter mit. Schon seit dem ersten Advent waren die Königsschlösser und die umliegende Landschaft in eine dicke weiße Decke gehüllt, und die Temperaturen sollten zum Wochenende noch einmal fallen. Ich musste wirklich damit aufhören, mir Sorgen zu machen. Alles lief wie geplant.

Als ich den Blick von meinem Spiegelbild löste, sah ich, dass Oma und James im Türrahmen standen. Oma hatte feuchte Augen und ein Lächeln auf den Lippen. James blickte so mürrisch drein wie immer.

„Du wirst wunderschön aussehen. Nicht wahr, James?" Die Bulldogge sah nicht so aus, als würde sie ihr zustimmen. „Ich wünschte, deine Eltern könnten dich sehen." Sie zog sich ihr Angorajäckchen enger um die Schulter.

Ich blinzelte. Das wünschte ich mir auch.

Plötzlich schrillte das alte Wählscheibentelefon meiner Großeltern. „Ach, das wird der Friseursalon sein! Sie mussten meinen Termin verlegen, weil Annette krank ist. Ausgerechnet vor deiner Hochzeit! Ich hoffe, ihre Kollegin weiß, wie man eine Dauerwelle macht. Das letzte Mal, als eine der Angestellten sie mir gelegt hat, sah ich aus wie ein Pudel."

An die Miniplis auf Omas Kopf konnte ich mich noch gut erinnern. Nach besagtem Friseurbesuch hatte sie zwei Wochen lang nicht die Wohnung verlassen. In gewisser Weise konnte ich also verstehen, dass sie wegen Annettes Krankheit angespannt war.

„Ich weiß gar nicht, wo mir der Kopf steht", jammerte Oma weiter. „Vor der Hochzeit ist noch so wahnsinnig viel zu tun. Und dein Großvater hat nichts anderes im Sinn, als zum Stammtisch zu gehen."

Besorgt fragte ich mich, ob das alles nicht viel zu viel für sie war. Seit ihrem Herzinfarkt versuchten Opa und ich, jede Aufregung von ihr fernzuhalten. Deshalb würde ich Oma auch niemals von dem rothaarigen Highlander erzählen, der heute im Buchladen aufgetaucht war. Sie würde sich furchtbare Sorgen machen und alles Mögliche in diese Begegnung hineindeuten. Das konnten meine ohnehin schon strapazierten Nerven momentan wirklich nicht ertragen.

Der Viktualienmarkt war zu allen Jahreszeiten einen Besuch wert, aber zur Weihnachtszeit versprühte er einen ganz besonderen Charme. Dick eingepackt schlenderte ich zwischen den Ständen durch und an der Weihnachtskrippe vorbei, deren kunstvoll geschnitzte Figuren das Marktgeschehen nachstellten. Aus den Verkaufshütten duftete es köstlich nach gebrannten Mandeln, gerösteten Maroni und Glühwein. Der beleuchtete Maibaum und zahlreiche weitere Lichterketten tauchten den Platz in ein weihnachtliches Licht.

Ich war mit Kai-Uwe in der Schrannenhalle verabredet. Die ehemalige Markthalle, die vor ein paar Jahren von einer Feinkostkette übernommen worden war, lag ganz in der Nähe seiner Kanzlei. Ein alter zerlumpt aussehender Mann mit verfilztem Bart hatte sich mit seiner Drehorgel direkt davor postiert. Seine Hände waren rot vor Kälte. Ich erkannte Leise rieselt der Schnee und warf ihm ein paar Münzen in seinen Hut. Ich blieb einen Moment stehen. Nicht nur, weil ich das Lied schön fand, sondern auch um etwas Zeit zu gewinnen. Hoffentlich mochte mich dieser Patrick! Es war das erste Mal, dass ich einen Freund von Kai-Uwe kennenlernte. Wenn wir uns bisher mit jemand aus seinem Umfeld getroffen hatten, waren es immer nur Kollegen oder Vorgesetzte gewesen.

Ein Mann drängte sich zwischen mich und ein kleines Mädchen, das an der Hand seiner Mutter ebenfalls dem Drehorgelspieler zuhörte. Er trug die gleiche karierte Flanelljacke wie der Highlander von heute Morgen. Mit dem Kauf dieser Jacke erwarb man sich anscheinend unverschämtes Benehmen gleich noch dazu.

„Sorry!", entschuldigte sich der Mann immerhin. Seine Stimme kam mir bekannt vor.

Ich schnappte nach Luft. Das war der Highlander von heute Morgen! Ich hatte nur einen Moment gebraucht, um ihn zu erkennen, da seine roten Haare von einer dunklen Mütze bedeckt waren, und er sein Gesicht so tief im Kragen seiner Jacke vergraben hatte, dass nur noch Nase und Augenpartie zu sehen waren. Doch nun strahlten mich wieder seine ebenmäßigen Zähne an.

„Da schau her! So sieht man sich wieder!"

Erschrocken sprang ich zurück und stolperte dabei über einen Einkaufskorb, den eine ältere Frau neben sich abgestellt hatte.

„Könna Sie net aufbassn?", grantelte die Frau in breitem Bayerisch, doch ich war zu geschockt, um mich bei ihr zu entschuldigen.

„Ist ja zum Glück nichts passiert", beschwichtigte sie dagegen der Rothaarige. „Der Korb steht ja noch." Und zu mir gewandt fügte er hinzu: „Mir war gar nicht bewusst, dass ich eine so umwerfende Wirkung auf dich habe." Sein Grinsen wurde breiter. „Es ist ja wirklich ein unglaublicher Zufall, dass wir uns hier begegnen. Oder sollte ich besser sagen: Schicksal?"

„Zufall genügt vollkommen", krächzte ich.

Er lachte auf. „Du bist lustig."

Na ja, ging so. Das nannte man wohl Galgenhumor.

„Was treibt dich hierher?", erkundigte er sich. „Weihnachtseinkäufe? Oder machst du nur einen Spaziergang?"

Ich wüsste nicht, was Sie das angeht, hätte ich am liebsten gesagt. Doch meine Manieren siegten über meine Laune. „Nichts von beidem. Ich bin mit meinem Verlobten zum Essen verabredet – und schon ziemlich spät dran." Ich wandte mich zum Gehen.

Blöderweise übersah er meine offensichtlichen Signale und folgte mir. „Ich bin auch verabredet. Im La Piazza. Warst du dort schon mal?"

Mein Herzschlag beschleunigte sich. Wie blöd! „Ja, dort muss ich auch hin." Zum Glück war das Lokal recht groß.

Er riss die Augen auf. „Nicht zu fassen! Das ist jetzt aber wirklich Schicksal."

Nein, war es nicht! Ich beschleunigte meine Schritte und riss die gläserne Eingangstür zur Schrannenhalle auf.

„Wir haben wirklich eine Menge gemeinsam."

Nun reichte es aber! Im Gehen blickte ich mich nach Kai-Uwe um. Wenn ich erst einmal bei ihm am Tisch stand, würde ich diesen furchtbaren Kerl ja hoffentlich los sein. Wie eine Klette hing er an mir und ließ sich einfach nicht abschütteln. Zum Glück entdeckte ich meinen Verlobten ziemlich schnell. Da er gerade aus der Kanzlei gekommen war, trug er noch Anzug und Schlips. Der Scheitel in seinem hellblonden Haar war genauso akkurat wie die Bügelfalte in seiner Hose.

„Kai-Uwe!", rief ich etwas schrill und hob die Hand, um ihn auf mich aufmerksam zu machen.

„Wir haben sogar die gleiche Verabredung."

Ich blieb so abrupt stehen, dass er gegen mich prallte. Was hatte er gerade gesagt?

„Hallo! Ich bin Patrick, der Trauzeuge deines Verlobten. Aber nenn mich Pat!" Er strahlte mich an und streckte mir die Hand entgegen.

O Gott!

4. Kapitel

Der Typ war Patrick. Er!

„Rosalie! Wie schön! Ihr habt euch bereits kennengelernt." Kai-Uwe war aufgestanden und zu uns herübergekommen.

„Ja. Wir haben uns ganz zufällig auf dem Viktualienmarkt getroffen." Dieser Satz kam von Patrick, sorry, PAT.

„Entschuldigt mich!", brachte ich gerade noch so hervor. „Ich möchte mir nur schnell die Hände waschen." Dann floh ich in Richtung der Toiletten.

Im Waschraum angekommen, lehnte ich mich gegen die kühlen Fliesen und schloss die Augen. Ich wusste, dass ich überreagierte, aber ich konnte nichts dagegen tun. Vor Schreck war mir richtiggehend übel, und meine Knie fühlten sich so weich an, dass ich am liebsten an der Wand hinuntergerutscht und auf den Boden gesunken wäre. „Das ist alles Zufall. Ein blöder, ärgerlicher Zufall. Seine verdammte Haarfarbe hat überhaupt nichts zu bedeuten", sagte ich mir immer wieder. Genau wie die Tatsache, dass der Lkw-Fahrer, der meine Eltern getötet hatte, rote Haare und einen Vollbart gehabt hatte. Das alles hatte ich mit meiner Therapeutin unzählige Male durchgekaut. Ich atmete mehrere Male tief durch, bevor ein furchtbarer Gedanke meinen Herzschlag erneut aus dem Takt brachte. Ich selbst war vielleicht noch dazu in der Lage, einigermaßen rational an die Sache heranzugehen. Aber was war mit Oma? Ich wollte mir gar nicht ausmalen, welche Auswirkungen

Pats Auftauchen auf ihr sowieso schon angegriffenes Herz hatte. Ich musste sie irgendwie davon überzeugen, dass seine Haarfarbe nicht echt war.

Hm! Ich spielte am Knopf meines Mantels. Vielleicht war sie das ja wirklich nicht. Dieser Rotton … Wirkte er nicht irgendwie unnatürlich? Und war sein Teint nicht viel zu dunkel für jemand mit roten Haaren? Genau wie seine Augen. Sie waren von einem dunklen Braun, aber Rothaarige hatten meistens helle Augen, oder? Es war also gut möglich, dass Pat bei seiner Haarfarbe künstlich nachgeholfen hatte. Um einen auf Prinz Harry zu machen. Weil er wusste, dass der bei Frauen gut ankam. Kaum jemand, den ich kannte, hatte seine natürliche Haarfarbe. Ich selbst half bei meinem Karamellblond der Natur auch etwas auf die Sprünge. Und erst bei meinem letzten Friseurbesuch hatte ich in einer Illustrierten gelesen, dass es sogar Leute gab, die sich ihre Schamhaare färben ließen.

Ich merkte, wie der Schock, der mich gerade noch so fest im Griff gehabt hatte, langsam nachließ. Die Aufregung wegen der Hochzeit brachte mich dazu, Gespenster zu sehen. In einem günstigen Moment würde ich Pat darauf ansprechen, er würde zugeben, dass nicht Gott, sondern ein Friseur ihm seine Haarfarbe geschenkt hatte, und der ganze Spuk wäre vorbei. Ja, genau so würde es ablaufen. Ich zog meinen Lippenstift nach, nickte meinem blassen Spiegelbild aufmunternd zu und ging wieder ins Restaurant zurück.

Ein Kellner hatte bereits Getränke gebracht – eine Maß Bier für Patrick und eine Flasche stilles Mineralwasser für Kai-Uwe und mich. Er stellte alles vor uns ab und fragte, ob er nun auch die Essensbestellung aufnehmen dürfe.

„Bei uns dauert es noch etwas. Meine Verlobte hat noch keinen Blick in die Karte geworfen", sagte Kai-Uwe.

„Das brauche ich nicht." Im Moment hatte ich sowieso nicht die Nerven, in Ruhe etwas auszusuchen, und ich bestellte eine Lasagne al forno. Ich brauchte jetzt ein warmes, wohltuendes Trostessen. Aufregung schlug mir immer auf den Magen. Das führte bedauerlicherweise aber nicht dazu, dass ich keinen Bissen hinunterbrachte, sondern dass ich noch mehr aß als ohnehin schon.

„So spät am Abend möchtest du Kohlenhydrate essen?"

„Ja, das möchte ich." Ich war viel zu entkräftet, um mich auf eine Diskussion mit Kai-Uwe über die richtige Ernährung einzulassen.

„Sehr gut." Pat hob den Daumen. „Ich mag Frauen mit gesundem Appetit. Für mich das Rumpsteak mit Pommes frites. Keinen Salat, bitte. Dafür gerne ein paar Pommes mehr."

Ich sah, wie Kai-Uwe förmlich die Gesichtszüge entglitten. Wenn ich nicht so angespannt gewesen wäre, hätte ich gekichert. So aber sagte ich mir, dass Pat sich mit solchen Äußerungen sicher nur bei mir einschmeicheln wollte, und ich wandte mich erneut an den Kellner.

„Wissen Sie was, ich habe es mir anders überlegt: Bringen Sie mir bitte einen gemischten Salat mit Rinderfiletstreifen!" Notfalls konnte ich mir immer noch ein Tiramisu zum Nachtisch bestellen.

Während Kai-Uwe gegrillten Tintenfisch wählte (ich fragte mich, wie man von einem solchen Zeug satt werden konnte), spürte ich, dass Pats Blick auf mir ruhte. Wieso starrte er mich denn bloß immer so an?

„Weißt du eigentlich, dass Kai-Uwe bei unseren letzten Telefonaten über nichts anderes als dich gesprochen hat?", sagte er, nachdem er einen sehr langen Schluck von seinem Bier genommen hatte.

Hatte er?

Pat deutete meine fragende Miene richtig und nickte. „Er ist wahnsinnig verliebt. Rosalie, Rosalie, Rosalie, in einer Tour. So habe ich meinen Kai-Uwe noch nie erlebt."

Ach! Ich traute Pat zwar immer noch nicht über den Weg, aber ich musste zugeben, dass ich mich geschmeichelt fühlte. Natürlich wusste ich, dass Kai-Uwe mich liebte. Sonst hätte er mir schließlich keinen Antrag gemacht. Dazu hatte er mich im letzten Advent für ein Wochenende nach London entführt. Beim Schlittschuhlaufen auf einer Eisfläche im Hof einer viktorianischen Villa hatte er inmitten von Menschen die Schachtel mit dem Ring aus der Tasche gezogen. Zu sagen, dass ich überrascht war, wäre die Untertreibung des Jahrhunderts. Schließlich hatten wir uns zu diesem Zeitpunkt noch nicht besonders lange gekannt. Aber Kai-Uwe hatte erklärt: Wenn man den Menschen gefunden hat, mit dem man den Rest seines Lebens verbringen möchte, dann will man, dass dieser Rest des Lebens so schnell wie möglich beginnt. Obwohl ich wusste, dass er diesen Satz aus Harry und Sally übernommen hatte – einem meiner absoluten Lieblingsfilme –, fand ich ihn unglaublich süß. Und natürlich sagte ich Ja – auch wenn er sich für meinen Geschmack mit dem Antrag ruhig noch ein bisschen Zeit hätte lassen können. Aber Kai-Uwe war mein erster richtiger Freund, quasi mein Schicksal. Nach dem Tod meiner Eltern hatte ich lange Probleme damit gehabt, jemanden an mich heranzulassen. Zu schnell konnten geliebte Menschen einfach verschwinden. Jetzt ging ich langsam auf die dreißig zu, hatte fertig studiert und seit Jahren eine feste Stelle, ich liebte Kai-Uwe – und ich wollte mindestens zwei Kinder. Es gab wirklich keinen Grund, noch länger zu warten.

Kai-Uwe konnte schon romantisch sein, auch wenn er mir nicht jede Woche rote Rosen schenkte oder mich mit Liebesschwüren überschüttete. So war er einfach nicht. Deshalb freute es mich unglaublich, dass er seinem besten und ältesten Freund so von mir vorgeschwärmt hatte.

Allerdings schien es ihm jetzt unangenehm zu sein. Er sah ein wenig verkrampft aus, wie er kerzengerade auf seinem Stuhl saß und an seinem Wasser nippte.

„Nur, wie hübsch du bist, das hat er nicht erzählt."

Kai-Uwe verschluckte sich und musste husten. „Glaub ihm kein Wort, Liebling!"

Kai-Uwe war wirklich niedlich, wenn er so peinlich berührt war. Aber ich konnte den Eindruck nicht abschütteln, dass Pat ihn absichtlich provozierte. Diesem Mann war nicht zu trauen. Selbst wenn Haare und Bart nur gefärbt waren. Ich beschloss, ihn einfach darauf anzusprechen.

„Patrick, es gibt etwas, was mich die ganze Zeit schon wahnsinnig beschäftigt: Deine Haarfarbe … sie ist so ungewöhnlich. Ich kenne niemanden, der eine solche Haarfarbe hat, wenn man von Prinz Harry mal absieht. Ist sie echt?"

Zum ersten Mal an diesem Tag schien Pat einen Augenblick die Fassung zu verlieren, und seine Hand wanderte zu seinem vollen Haar, als wollte er sich vergewissern, dass es noch da war.

„Ja", sagte er nach einem Moment des Schweigens. „Alle Männer in meiner Familie sind rothaarig."

Mist!

5. Kapitel

„Bist du sicher?"

„Ja, kein Zweifel möglich." Pat hatte wieder das gewohnt spöttische Funkeln in seinen Augen, auch seine Mundwinkel zuckten belustigt.

Ich umklammerte Kai-Uwes Hand, als wäre sie ein Rettungsring. Es wäre auch zu schön gewesen, wenn ich das Problem so einfach hätte lösen können. Außerdem: Wenn wirklich alle Männer in Patricks Familie rothaarig waren … konnten dann nicht noch weitere Exemplare aus seinem Clan in die Pechsträhne meiner Familie verwickelt sein?

Ausgerechnet jetzt vibrierte mein Handy.

„Tschuldigung", murmelte ich und nahm es aus meiner Handtasche, um es auszuschalten. Bevor ich es wieder darin verschwinden ließ, warf ich noch einen Blick auf die WhatsApp, die gerade eingegangen war. Sie stammte von Konstanze. Schon seit Tagen bombardierte Kai-Uwes Mutter mich mit Textnachrichten und E-Mails. Beim letzten Mal hatte sie mir geraten, Ersatzstrümpfe in meine Brauttasche zu stecken, weil sie selbst bei ihrer Hochzeit eine Laufmasche gehabt hatte. Ich wusste, dass sie es nur gut meinte. Sie war einfach aufgeregt – auch wenn sie das nie zugegeben hätte –, aber allmählich fing sie an, mir auf die Nerven zu gehen. Dieses Mal teilte sie mir mit, dass Großonkel Heiner früher als erwartet aus dem Krankenhaus entlassen worden war und nun doch zur Hochzeit kommen würde. Puh! Das würde meine ganze Sitzordnung durcheinanderbringen. Aber ich hatte gerade weiß Gott andere Probleme.

„Was ist los?", fragte Kai-Uwe.

„Deine Mutter hat mir geschrieben. Großonkel Heiner kommt doch zur Hochzeit." Ich steckte das Handy weg. „Er will sogar schon am Freitag anreisen. Ich muss mal nachfragen, ob im Hotel überhaupt noch ein Zimmer frei ist. Als Elisa und Elke ihre Zimmer gebucht haben, war es bereits ziemlich voll. Die beiden kommen übrigens auch früher. Marks Schwester übernimmt den Buchladen."

„Ihr seid alle schon am Freitag da?" Pat riss die Augen auf. „Wieso hast du mir das nicht erzählt?"

O nein! Er würde doch hoffentlich nicht auch einen Tag früher anreisen wollen? Es reichte vollkommen, wenn Oma am Tag der Hochzeit mit ihm konfrontiert wurde.

Auch Kai-Uwe wirkte alles andere als begeistert. „Nur die Familie ist da und Rosalies engste Freundinnen. Du verpasst wirklich nichts, wenn du erst samstags kommst."

„Aber natürlich verpasse ich etwas!" Pats Stimme klang richtiggehend entrüstet. „Schließlich haben wir uns ewig nicht gesehen, und ich möchte so viel Zeit wie möglich mit dir verbringen. Wer weiß, wann ich das nächste Mal wieder im Land bin." Er drehte sich zu mir um. „Ich gehe nämlich direkt nach der Hochzeit auf Weltreise. Die erste Etappe ist Neuseeland."

„Das ist ja toll", sagte ich und meinte es wirklich so. Bei der Aussicht, Pat nach der Hochzeit so schnell wieder loszuwerden, fiel mir nicht nur ein Stein, sondern ein ganzer Felsbrocken vom Herzen. „Wie lange bleibst du denn weg?"

„Ein paar Monate."

„Ein paar Monate nur?", schaltete sich Kai-Uwe ein. „Du hast von einem Jahr gesprochen. Mindestens. Eher von zwei oder dreien."

„Habe ich das wirklich behauptet? Daran kann ich mich gar nicht mehr erinnern."

„Ja, das hast du. Und du hast auch gemeint, dass du vielleicht sogar dauerhaft wegbleibst, wenn es dir unterwegs irgendwo gut gefällt."

Pat zuckte gleichmütig die Achseln. „Ich werde das einfach spontan entscheiden. Vielleicht komme ich auch schon nach vier Wochen wieder, wenn mich das Heimweh packt." Er nahm erneut einen Schluck aus seinem Bierkrug. Inzwischen hatte er ihn fast ausgetrunken. „Tja! Das ist der Vorteil, wenn man Single ist. Man kann tun und lassen, was man will. Ich könnte sogar ganz nach Deutschland zurückkehren, wenn ich Lust dazu hätte."

Kai-Uwes Wirbelsäule richtete sich merklich auf. Er hatte die ganze Zeit schon ziemlich steif auf seinem Stuhl gesessen. Nun wirkte es, als hätte er ein Metermaß verschluckt. „Das kann ich mir wirklich nicht vorstellen. Du hast mir erzählt, dass du dich hier nie richtig wohlgefühlt hast."

„Im Moment fühle ich mich sehr wohl." Pat lächelte vergnügt, aber man musste kein besonders empathischer Mensch sein, um eine gewisse Spannung zwischen ihm und Kai-Uwe zu spüren. Man konnte sogar das Gefühl bekommen, dass Kai-Uwe Pat nicht besonders mochte … Mein Blick wanderte zwischen dem muskulösen Pat mit seinem vollen roten Haar und meinem schmalen hellblonden Verlobten hin und her. Die beiden hätten unterschiedlicher nicht sein können.

„Wie habt ihr beide euch eigentlich kennengelernt?", wechselte Pat diplomatisch das Thema.

„Das habe ich dir doch erzählt", sagte mein Verlobter mit leichtem Tadel in der Stimme. „Im ehemaligen Buchladen meiner Mutter. Rosalie hilft dort gelegentlich aus."

„Stimmt." Pat schlug sich mit der flachen Hand gegen die Stirn. „Wie konnte ich das nur vergessen? Arbeitest du nicht auch bei einem Verlag, Rosalie? Kai-Uwe hat so viel von dir geredet, dass ich gar nicht alles behalten konnte. Helft mir doch mal auf die Sprünge!"

Während mein Verlobter von dem Kinderbuchverlag erzählte, bei dem ich seit vier Jahren eine Teilzeitstelle als Lektorin hatte, saß ich wortlos daneben. Die Gedanken wirbelten in meinem Kopf herum. Pat hatte gewusst, dass ich in Lizzies Bücherträume aushalf. Sein Besuch im Laden war also kein Zufall gewesen! Aber wieso hatte er sich mir dann nicht gleich als Kai-Uwes Trauzeuge vorgestellt? Warum war er überhaupt dort aufgetaucht? Hochzeitskarten gab es ja wahrlich überall zu kaufen. Das war alles sehr, sehr merkwürdig.

Erst nachdem Pat sein Rumpsteak mit Pommes mit einer zweiten Maß Bier hinuntergespült hatte, tat er mir den Gefallen, zur Toilette zu gehen, und ich nutzte die Gelegenheit, um mit Kai-Uwe zu sprechen.

„Pat scheint sehr nett zu sein."

Er nickte, aber seine Lippen waren zu einem schmalen Strich zusammengekniffen.

Ich nahm seine Hand und meine Finger verkreuzten sich mit seinen. „Sag mal, hattet ihr Streit?"

„Wie kommst du denn darauf?"

Ich dachte einen Augenblick darüber nach, wie ich ihm meinen Eindruck am taktvollsten erklären konnte, doch mir fiel nichts ein, und so sagte ich unumwunden: „Ich habe den Eindruck, dass Pat Spaß daran hat, dich zu provozieren …"

Kai-Uwe schnaubte. „Ja, das hatte er schon immer."

„Aber warum hast du dann ausgerechnet ihn gefragt, ob er dein Trauzeuge sein will?"

Mein Verlobter schwieg eine ganze Weile, bevor er mürrisch antwortete: „Weil er eben mein bester Freund ist. Und ich weiß, dass er es nicht so meint. Das sind alles nur harmlose Kabbeleien unter Männern. Er redet halt drauflos, ohne darüber nachzudenken. Aber wenn es drauf ankam, konnte ich mich bisher immer zu hundert Prozent auf ihn verlassen."

Ich wollte mich mit dieser Antwort nicht zufriedengeben. „Ich habe trotzdem den Eindruck, dass du dich nicht ganz wohl in seiner Gegenwart fühlst. Und sollte man sich nicht gerade an seinem Hochzeitstag nur mit Menschen umgeben, die einem guttun?"

Kai-Uwes Miene verdüsterte sich noch mehr. „Dann müsste ich zuallererst meinen Bruder ausladen." Ganz offensichtlich hatte er nicht vor, das Thema Pat zu vertiefen.

Ärgerlicherweise kam der nun auch schon wieder zurück.

„Ich rufe dir ein Taxi", sagte Kai-Uwe zu mir, nachdem wir alle drei das La Piazza verlassen hatten.

„Das musst du nicht. Ich kann die U-Bahn nehmen. Vom Marienplatz ist es doch nur eine Station bis zum Odeonsplatz."

„Keine Widerrede! Ich möchte nicht, dass du um diese Uhrzeit noch allein draußen rumrennst." Kai-Uwe winkte ein Taxi heran.

Es fiel mir schwer, nicht die Augen zu verdrehen. Es war erst halb zehn, und das Risiko, auf den wenigen Metern bis zur Wohnung meiner Großeltern überfallen zu werden, war in meinen Augen ausgesprochen gering.

Das Taxi hielt, ich stieg ein, und als es losfuhr, schaute ich noch einmal zurück. Kai-Uwe und Pat standen voreinander und mein Zukünftiger redete gestenreich auf seinen Trauzeugen ein. Fuchsteufelswild wirkte er. Das mulmige Gefühl, das mich schon den ganzen Abend verfolgte, verstärkte sich. Kai-Uwe mochte Pat nicht, kein Zweifel. Und: Von ihm ging eine Gefahr aus. Nicht nur wegen des schwachen Herzens meiner Oma. Da war ich mir endgültig sicher.

„Bitte halten Sie!"

„Möchten Sie aussteigen?", fragte der Taxifahrer.

„Nein, es kann nur sein, dass sich mein Ziel gerade geändert hat. Dazu muss ich aber erst noch etwas klären."

Ich nahm mein Handy aus der Handtasche und wählte Elisas Nummer. Zum Glück ging sie sofort ans Telefon.

„Kann ich vorbeikommen? Es ist ein Notfall."

6. Kapitel

Elisas Einrichtungsstil stand in der Weihnachtszeit im krassen Gegensatz zu ihrer klassischen Kleidung, und ihre Wohnung war sogar noch opulenter geschmückt als der Buchladen. Bereits um die Eingangstür rankte sich eine Tannengirlande. Das übliche Herzlich-willkommen-Schild war durch eins im Shabby Chic ausgetauscht worden, auf dem HOHOHO stand. Von einer Fußmatte aus wünschte mir ein Elch Merry Christmas. Und drinnen erst … Keine Weihnachtsabteilung eines Kaufhauses konnte mit all dem Nippes, dem Glitzer und dem Gefunkel konkurrieren, der mich erwartete. Selbst die Stühle am Esstisch waren mit Hussen in Form von Nikolausmützen geschmückt, und natürlich stand im Wohnzimmer schon der Weihnachtsbaum. Das Einzige, was in dieser Wohnung nicht dekoriert war, war Elisas schwarze Perserkatze Carla, die mit hochmütigem Gesicht auf der Couch lag. Neben ihr, allerdings in deutlichem Abstand zu ihren Krallen, saß Elke. Sie war sofort bereit gewesen, ebenfalls zu kommen. Auf dem Wohnzimmertisch vor ihr hatte Elisa eine Etagere mit Plätzchen gestellt. Auf einem Stövchen stand eine Teekanne, von der Zimtgeruch ausging. Obwohl ich wusste, dass Elisa nur eine gute Gastgeberin sein wollte, fand ich das alles etwas unpassend. Schließlich hielten wir hier kein gemütliches Nachmittagskränzchen, sondern eine abendliche Krisensitzung ab. Außerdem wäre mir eher nach etwas Alkoholischem gewesen.

Elisa goss uns Tee ein. Dann zwängte sie sich zwischen Elke und Carla auf die Couch. Ich zog mir einen Stuhl heran.

„Lass uns die Sache doch nüchtern angehen." Elisa nahm sich ein mit Zuckerguss verziertes Plätzchen. „Es gibt also diesen angeblichen Fluch, der besagt, dass rothaarige Männer mit Vollbart eurer Familie seit Generationen nichts als Unglück bringen …"

„Nicht angeblich. Der Fluch existiert."

Nun hatte ich es zum ersten Mal laut ausgesprochen. Die drei Jahre Psychotherapie, die ich hinter mir hatte, waren also umsonst gewesen. Nichts von all dem, was die Therapeutin mir erzählt hatte, hatte mich wirklich überzeugen können. Kein Wunder! Schließlich hatte sie immer davon gesprochen, dass jeder Schicksalsschlag auch eine Entwicklungschance sei. Das mochte für den Verlust eines Jobs gelten, aber doch nicht für den der eigenen Eltern!

„Und woher willst du das so genau wissen? Die Märchen der Gebrüder Grimm hatten auch oft einen wahren Kern, aber über die Jahrhunderte sind sie immer mehr ausgeschmückt worden. Vielleicht war das bei euch ganz genauso, und irgendwann hat mal so ein rothaariger Typ dem anderen die Frau ausgespannt, der Ehemann hat sich daraufhin erhängt – und tatatataaaaa", Elisa breitete die Arme aus, „die Geschichte von dem Fluch war geboren."

„Bei uns war das nicht so. Es … es gibt Aufzeichnungen. In unserer Familienchronik." Das stimmte zwar nicht, aber die Sache mit meinen Eltern wollte ich vor

Elke und Elisa nicht als Beweis vorbringen. Wir hatten nie darüber gesprochen.

Ich beschloss, dass Angriff die beste Verteidigung war, und fauchte Elisa an: „Ich hätte mir von jemandem, der noch vor zwei Jahren felsenfest davon überzeugt war, vom Pech verfolgt zu sein, wirklich etwas mehr Verständnis für meine Ängste erwartet."

Elisa setzte diesen besserwisserischen Gesichtsausdruck auf, den ich absolut nicht leiden konnte. „Ich hatte einen Schornsteinfeger mit dem Besenstiel k. o. geschlagen. Außerdem war da noch die Prophezeiung der Wahrsagerin."

Mir entwich ein Zischen. „Der Schornsteinfeger war Mark, der eigentlich Energieberater ist und nur für einen Mitarbeiter einspringen musste, und mit dem bist du jetzt schon seit fast zwei Jahren zusammen. Und die Wahrsagerin war in Wirklichkeit Elkes Putzfrau."

Elke errötete. „Müsst ihr immer wieder damit anfangen?", murrte sie, aber keiner von uns ging darauf ein.

„Genau, da hast du den Beweis, liebe Rosalie: mein Pech, dein Fluch – das ist alles Aberglaube. Und du", Elisa zeigte mit dem Finger auf mich, „bist wahnsinnig abergläubisch."

„Das stimmt doch gar nicht!" Natürlich, ich klopfte auf Holz, sah es als glückliches Zeichen an, wenn Porzellan zerbrach, trug immer einen Schlüsselanhänger in Form eines vierblättrigen Kleeblatts mit mir herum, und ich hatte sämtliche mir bekannte Rituale vollzogen, die Unglück von meiner Hochzeit und Ehe fernhalten sollten. Aber mich deshalb als wahnsinnig abergläubisch zu bezeichnen, war ja wohl übertrieben. Abgesehen davon: Fast jeder war abergläubisch. Die meisten waren sich dessen nur nicht bewusst. Ich zumindest kannte niemanden, der es nicht als gutes Zeichen sah, ein Cent-Stück auf der Straße zu finden. Und auch niemanden, der mir beim Zuprosten nicht in die Augen sah, weil er sonst sieben Jahre schlechten Sex befürchtete. Was war so schlimm an dem Versuch, die Welt wenigstens ein kleines bisschen berechenbarer zu machen?

„Rosalie!" Elisa zog ein Gesicht, das mich unangenehm an meine Handarbeitslehrerin in der Grundschule erinnerte. Die Frau hatte es nicht fassen können, dass ich nicht einmal dazu in der Lage war, mit einer Strickliesel umzugehen. „Du hast mich darum gebeten, Carla mit auf die Hochzeit zu bringen, weil es angeblich Glück bringt, wenn man auf dem Weg zur Kirche einer schwarzen Katze begegnet."

„Das stimmt!", bestätigte Elke. „Und als Elisa sich geweigert hat, hast du mich gefragt, ob ich nicht ein Lamm, eine Taube oder eine Spinne organisieren könnte, weil das anscheinend genauso gut ist. – Hatte ich dir eigentlich erzählt, dass ich meinen Hausarzt gefragt habe, ob er mich zur Hochzeit begleitet? Leider hat seine Frau etwas dagegen. Pfarrer oder Polizisten sollen aber genauso Glück bringend sein, habe ich gelesen."

„Außerdem hast du uns erzählt, dass du jahrelang Ein-Cent-Stücke gesammelt hast, um deine Brautschuhe zu bezahlen, und dass du eins dieser Ein-Cent-Stücke in deinen Schuh legen wirst, weil es heißt, dass das Geldsorgen von eurer Ehe fernhält."

„Ja und? Damit schade ich schließlich niemandem."
Man könnte den Wohlstand sogar noch erhöhen, wenn
der Bräutigam sich ebenfalls ein Ein-Cent-Stück in den
Schuh steckte, doch davon hatte Kai-Uwe leider nichts
hören wollen.

„Nein, natürlich tust du das nicht. Aber du über-
treibst. Und was die Haare von diesem Patrick angeht:
Hast du schon einmal darüber nachgedacht, dass sie
gefärbt sein könnten?"

„Glaubst du, das hätte ich ihn nicht längst gefragt?
Sie sind echt. Und nicht nur das: Alle Männer in seiner
Familie haben oder hatten rote Haare."

„Ich muss zugeben: Ich finde es auch ein wenig befremdlich, dass Pat heute Morgen im Buchladen war
und sich dir nicht als Kai-Uwes Trauzeuge vorgestellt
hat", schlug sich Elke auf meine Seite. „Stattdessen hat
er sich ewig an dem Glückwunschkartenständer herumgedrückt und zu uns herübergeschaut. So etwas tut man
doch nicht, wenn man keinen Dreck am Stecken hat.
Ich bin mir sicher, dass er Rosalie ausspionieren wollte."

„Wieso sollte er das?" Elisa goss sich einen zweiten
Tee ein.

„Keine Ahnung, aber das werden wir schon noch
herausfinden."

„Wir?"

„Ja, natürlich wir", sagte Elke. „Wozu hat man denn
Freundinnen?"

Ich war gerührt. Elke war schrullig – unheimlich
schrullig, aber sie war ein sehr loyaler und liebenswerter

Mensch. Dafür, dass sie mir helfen wollte, hatte sie etwas gut bei mir.

„Könnte es vielleicht sein, dass Patrick Kai-Uwe erpresst?", sinnierte Elke weiter.

Darüber lohnte es sich nachzudenken! Kai-Uwe hatte schließlich erwähnt, dass er bisher immer auf seinen Freund hatte zählen können. Vielleicht hatte er sich irgendwann einmal etwas zuschulden kommen lassen, und Pat hatte ihm aus dem Schlamassel herausgeholfen und nutzte das jetzt aus.

Doch natürlich hatte Elisa Einwände. „Aber warum sollte er dann sein Trauzeuge sein wollen? Er muss seine Zeit opfern und außerdem noch Geld für ein Geschenk ausgeben."

„Es bringt ihm etwas, wenn er ein Juwelendieb ist", antwortete Elke. „Oder wenn er es auf die Geldgeschenke abgesehen hat. Kai-Uwes Familie ist schließlich vermögend, und Rosalies Großeltern sind auch nicht arm."

Dass Pat ein Juwelendieb war, erschien mir zwar ein bisschen weit hergeholt, aber der Geschenketisch … Ich würde Simone, meine Hochzeitsplanerin, bitten, dass sie jemanden dort abstellte. Besser wäre es natürlich, wenn ich diese Gefahr, beziehungsweise die Person, von der sie ausging, bereits im Vorfeld beseitigen könnte. Dann müsste ich mir auch keine Sorgen darum machen, wie meine Oma auf Pat reagieren würde. Oder wegen des Fluchs …

Ich richtete mich auf. „Im Grunde gibt es nur eine wirkliche Lösung für mein Problem: Patrick darf nicht zur Hochzeit kommen!"

„Und wie stellst du dir das vor?" Zwischen Elisas Augenbrauen war eine steile Falte erschienen. „Patrick ist Kai-Uwes Trauzeuge. Er braucht ihn."

„Tut er nicht." Das hatte ich bereits auf dem Weg hierher im Taxi recherchiert. „Trauzeugen sind heutzutage überhaupt keine Pflicht mehr. Außerdem würde das doch zur Not bestimmt Mark übernehmen, oder?"

„Ich kann ihn zumindest fragen. Aber wie willst du Patrick dazu bewegen, wegzubleiben? Du kannst ihn schlecht einsperren."

Konnte ich nicht?

„Nein!", sagte Elisa. Sie hatte mir wohl angesehen, dass ich es zumindest in Erwägung zog. „Ich kann verstehen, dass du nervös bist, und ich gebe zu, dass die Sache wirklich ein ganz klein wenig merkwürdig ist, aber du wirst dich deswegen nicht straffällig machen."

„Ich finde die Idee auch nicht schlecht. Und ich wäre sogar dazu bereit, Patrick zu verführen und ihn mit Handschellen an ein Bett zu fesseln." Elke lächelte schelmisch.

„Ihr beide seid echt total verrückt!"

„Ich würde eher sagen, zu allem entschlossen", sagte ich.

Elkes Idee war gar nicht so schlecht. Dass es ihr gelingen würde, Patrick zu verführen, hielt ich zwar für eher unwahrscheinlich, aber jemandem, der etwas jünger war und etwas weniger Strick trug … Wieso nicht? Er war schließlich Single, und auf mich machte er nicht den Eindruck, als würde er etwas anbrennen lassen.

O ja! Zufrieden nahm ich mir einen Lebkuchen von der Etagere und biss herzhaft hinein. Ich sah eindeutig einen Hoffnungsschimmer am Horizont!

7. Kapitel

Das *Hotel am See*, in dem Kai-Uwes und meine Hochzeitsfeier stattfinden sollte, war eine wunderschöne Villa mit unzähligen Türmchen und Erkern, die am Rand des Dorfs Hohenschwangau lag. Ich hatte mich so darauf gefreut, mit Kai-Uwe vor der Hochzeit ein paar Stunden in dem großen Wellnessbereich des Hotels zu verbringen, bevor einen Tag später der ganze Trubel begann. Aber als ich mein Auto auf dem Parkplatz parkte, saß nicht er, sondern James neben mir, die Bulldogge meiner Großeltern. Mein Verlobter hatte nämlich kurzfristig beschlossen, am Nachmittag noch zu arbeiten. Angeblich, um den Kopf dann ab morgen für mich und die Hochzeit frei zu haben.

So ganz konnte ich mir leider nicht vorstellen, dass ihm das gelingen würde. Kai-Uwe nahm die bevorstehende Partnerschaft in der Kanzlei sehr ernst. Nicht nur, weil er dann mehr verdiente, sondern weil er hoffte, damit endlich aus dem Schatten seines Bruders zu treten. Frank und er verstanden sich nicht besonders gut. Und obwohl ich es immer bedauert hatte, keine Geschwister zu haben, konnte ich ihn in der Hinsicht verstehen. Denn im Vergleich mit Frank konnte man nur schlecht abschneiden. Nicht nur, dass er sein Abitur mit 1,0 gemacht hatte, er war auch an der Uni Bester seines Jahrgangs gewesen. Natürlich hatte er danach sofort einen ausgesprochen verantwortungsvollen und gut bezahlten Posten bekommen. Er hatte eine wunderschöne Frau, zwei süße Kinder und ein Haus mit Pool in Münchens Promi-Viertel Grünwald. Rechts von ihm wohnte ein Mann, der im Vorstand von BMW war, links von ihm ein FC-Bayern-Spieler mit seiner Freundin. Wer hätte bei einem solchen Bruder keine Komplexe?

James winselte. Er fuhr nicht gerne Auto und wollte aus seiner Transportbox. Als ich ihn rausließ, knurrte er mich zum Dank an. Auf seine Gesellschaft hätte ich heute gut verzichten können. Aber Oma zuliebe hatte ich ihn mitgenommen. Sie war nämlich der Ansicht, dass es ihm guttun würde, sich bereits heute einmal an das Hotelzimmer zu gewöhnen. Da sie ihn nicht mit ins Standesamt und in die Kirche nehmen konnte, würde er sich dort morgen schließlich eine ganze Zeit allein aufhalten müssen. Ursprünglich war geplant gewesen, dass auch sie heute schon anreisen würden. Da ich Pat aber frühestens morgen los war, hatte ich Oma und Opa angeschwindelt, dass das Hotel überbucht war und sie leider ihr Zimmer erst einen Tag später bekommen konnten.

Kaum hatten der Hund und ich das mit üppigen rotgoldenen Blumengestecken und LED-funkelnden Weihnachtsbäumen geschmückte Foyer betreten, kam schon Simone auf mich zugeeilt. Ihre Augen funkelten hinter den Gläsern ihrer großen Brille mit dem Weihnachtsschmuck um die Wette.

„Rosalie, mein Engel!" Sie drückte mich an ihre üppige Brust, und sogar durch den Stoff meines Wintermantels spürte ich ihre schwere goldene Halskette. „Wir sind gerade fertig geworden. Kommen Sie mit in den

Festsaal, den müssen Sie sich unbedingt anschauen!" Sie führte mich in den hinteren Bereich des Hotels und öffnete mit Schwung zwei hohe Flügeltüren.

„Wow!" Ich musste blinzeln, um mich zu vergewissern, dass ich nicht träumte.

Das letzte Mal, als ich den Saal gesehen hatte, hatte nichts darin gestanden außer langen Reihen von Tischen mit Stühlen und zwei Flipcharts. Nun hatte Simone den Raum vollkommen verwandelt. An den Wänden hingen weiße Tücher, und auch die runden Tische und die Stühle waren mit silbrig-weißem Stoff bedeckt. Die Kerzen waren ebenfalls weiß. Das Ganze hätte kalt wirken können, aber die schweren silbernen Kerzenhalter waren eingerahmt von Tannengirlanden, die köstlich dufteten, das festliche weiße Geschirr stand auf rustikalen Baumscheiben, und kleine rote Weihnachtssterne lockerten das Ganze zusätzlich auf. Die Farbe Rot würde auch bei Getränken und Speisen wieder auftauchen, zum Beispiel in dem Christmas-Sangria, der als Aperitif gereicht wurde, oder in der Fruchtsoße auf den mit weißer Schokolade überzogenen Äpfeln. Rot waren auch die Rosen in meinem Brautstrauß.

„Ihr Strauß ist übrigens fertig", sagte Simone. Ich hatte schon öfter den Verdacht gehabt, dass sie meine Gedanken lesen konnte.

„Wie schön!" Ich klatschte in die Hände. Auf den Brautstrauß freute ich mich nämlich ganz besonders. Ich hatte Dutzende von Hochzeitsmagazinen und Websites nach dem perfekten Modell durchforstet und es bei Pinterest schließlich gefunden. Nun war ich gespannt, wie die Floristin meine Vorlage umgesetzt hatte. „Haben Sie ein Foto gemacht?"

„Natürlich. Was glauben Sie denn?" Simone zückte ihr Tablet und öffnete die Fotogalerie. „Na, was sagen Sie?"

Der Strauß war zauberhaft und nicht von dem auf Pinterest zu unterscheiden. Mit den roten Rosen, den grünen Blättern in unterschiedlichen Längen und den gefrosteten Beeren passte er perfekt zur Dekoration. Ich stellte ihn mir auf dem Tisch vor, an dem Kai-Uwe und ich sitzen würden, zusammen mit den engsten Familienmitgliedern – und meine Euphorie war von einem Moment auf den anderen verflogen. Stattdessen fühlte ich mich traurig und leer. Mama und Papa … auch sie hätten an diesem Tisch sitzen sollen.

„Er ist zauberhaft", sagte ich, doch Simone war mein Stimmungswechsel nicht entgangen. Auch wenn sie nicht wissen konnte, woher er kam.

„Es ist ganz normal, dass man vor der eigenen Hochzeit ein wenig durcheinander ist." Sie legte einen Arm um meine Schulter. „Sie werden sehen. Sobald der Trubel beginnt, ist Ihr Trübsinn wie weggeblasen."

„Ja, bestimmt", sagte ich, aber überzeugt war ich nicht.

Inzwischen war mein Koffer auf mein Zimmer gebracht worden. Ich war froh, dass ich ihn mit einem soliden Schloss gesichert hatte. Das tat ich normalerweise nie, nicht einmal bei Flügen. Aber dieses Mal war es nötig gewesen. Nicht nur, weil sich darin meine

Brautschuhe, der Schleier, Mamas Kette, das blaue Strumpfband, eine sündhaft teure Seidenkorsage, vier Nylonstrumpfhosen und mein komplettes Kosmetiksortiment befanden. In einem Seitenfach steckten auch die Handschellen, die ich am Morgen noch schnell in einem Erotikshop gekauft hatte. Viel lieber hätte ich das natürlich ganz anonym online erledigt, aber ich hatte Angst gehabt, dass sie nicht rechtzeitig ankommen würden. Die Handschellen persönlich abzuholen, war zwar auch nicht angenehm, aber immerhin hatte mir die mollige, mütterlich wirkende Verkäuferin ein ausgesprochen robustes Modell empfohlen. Natürlich sollten die Handschellen nur im absoluten Notfall zum Einsatz kommen, aber ehrlich gesagt … ich sah keine Alternative. Pat gut zuzureden, doch bitte von hier zu verschwinden, erschien mir nicht besonders erfolgversprechend.

Ich setzte mich einen Moment auf einen der beiden Sessel und sah mich im Zimmer um. Eigentlich schade, dass ich aus Aberglaube darauf bestanden hatte, dass Kai-Uwe sich ein eigenes nahm. Das Boxspringbett sah sehr bequem aus, und es war riesig. Vielleicht konnte ich ein kleines Schläfchen machen. Da ich die letzte Nacht nicht besonders viel geschlafen hatte, war ich unglaublich müde.

Doch das Läuten meines Handys verhinderte mein Vorhaben. Das musste die Managerin des Stripclubs sein. Ich hatte schon heute Morgen versucht, sie zu erreichen, aber nur ihre Mailbox erreicht.

„Sie hatten um einen Rückruf gebeten." Aufgrund ihres Berufs hatte ich erwartet, mit einer verheißungsvollen 0900-Ruf-mich-an-Stimme begrüßt zu werden, aber die Frau klang ganz seriös.

„Ja, ich möchte eine Stripperin für einen Junggesellenabschied buchen. Er ist heute Abend. Haben Sie so kurzfristig noch jemanden frei?"

„Selbstverständlich. Haarfarbe? Hautfarbe? Kostüm?", leierte sie herunter.

„Ich darf mir das alles aussuchen?"

„Selbstverständlich. Bei uns ist für jeden Geschmack etwas dabei."

Puh! Dieses Baukastensystem überforderte mich. „Kann ich Sie deswegen zurückrufen?"

„Selbstverständlich."

„Wunderbar. Ich habe noch ein anderes Anliegen. Es ist zugegebenermaßen ein wenig ungewöhnlich. Die Frau … sie soll kurz vor meinem Verlobten tanzen, sich dann aber auf seinen Trauzeugen konzentrieren. Und … es wäre fantastisch, wenn sie anschließend mit ihm in ein Hotel gehen und ihm dort Handschellen anlegen könnte. Ist das möglich?" Ich hielt die Luft an.

„Tut mir leid", sagte die Frau merklich kühler. „Wir sind kein Bordell."

„Natürlich nicht. Das weiß ich doch", beeilte ich mich, ihr zu versichern. „Darüber hinaus muss die Dame auch gar nichts machen. Das ist alles nur ein kleiner harmloser Scherz. So wie das Entführen des Bräutigams am Tag der Hochzeit. Kennen Sie den Brauch? Hier wird halt nur der Trauzeuge entführt. Und natürlich werden wir ihn sofort wieder freilassen."

Die Frau schwieg so lange, dass ich schon befürchtete, dass sie aufgelegt hatte. Dann sagte sie: „Also eine solche Anfrage hatten wir noch nie …"

„Bitte!", flehte ich. „Ich würde Sie auch gut bezahlen."

„Wie viel?" Das kam wie aus der Pistole geschossen. „Wie viel möchten Sie denn?"

Ihre Antwort ließ mich schlucken. Aber da ich keine Wahl hatte, sagte ich zu.

Um nach der ganzen Aufregung ein wenig durchzuatmen, trat ich auf den Balkon hinaus. Von ihm aus hatte man einen fantastischen Ausblick auf Schloss Hohenschwangau und den Alpsee. Seine vereiste Oberfläche funkelte im Licht der späten Nachmittagssonne. Es war klirrend kalt, und die Luft roch ein bisschen nach Pferdeäpfeln. Vor dem See stand eine Kutsche mit zwei angespannten Pferden. Der Kutscher wartete auf Touristen, die er zu den Schlössern fahren konnte.

Mein Blick wanderte von den stämmigen Haflingern zu Schloss Hohenschwangau, das ein Stück oberhalb des Alpsees am Hang thronte. Es war hübsch, sah aber mit seiner gelblichen Fassade lange nicht so märchenhaft und spektakulär aus wie Schloss Neuschwanstein, das auf der anderen Seite des Hotels auf der Kuppe des Tegelbergs lag.

Das Dorf Hohenschwangau war mit seiner opulenten Lichterdekoration schon ganz auf Weihnachten eingestimmt, und selbst jetzt im Winter war es von Touristen bevölkert. Vor allem Japaner liefen herum.

Einer von ihnen, ein schlanker älterer Herr, machte doch allen Ernstes ein Foto von mir. Ich schnaubte und trat einen Schritt zurück. In diesem Moment bemerkte ich Pat, der mit flottem Schritt unter meinem Fenster die Straße entlangmarschierte. Er trug eine dicke Jacke und hatte die Hände tief in den Taschen vergraben. Sein rotes Haar wurde größtenteils wieder von einer Mütze verdeckt. Er war also schon da! Wahrscheinlich wollte er sich nach der Fahrt ein bisschen die Füße vertreten. Denn die Richtung, die er einschlug, führte vom Hotel und dem Dorf weg zu dem Rundweg, der einmal um den ganzen See ging.

Ich nahm die Hände von der Brüstung und lief ins Zimmer zurück. Diese Chance durfte ich mir nicht entgehen lassen!

8. Kapitel

Zum Glück hatte ich Mantel und Lammfellstiefel noch nicht ausgezogen. James würde ich zur Tarnung mitnehmen und vorgeben, mit ihm Gassi zu gehen. Blöderweise steckte der Hund immer noch in dem albernen türkisfarbenen Mantel mit Kunstfellkragen, den Oma ihm immer anzog, wenn er im Winter das Haus verließ. Sie war fest davon überzeugt, dass er sonst erfror.

Ich hob James hoch, der es sich gerade in seinem Körbchen bequem gemacht hatte, und lief mit ihm nach unten. Sein wildes Gestrampel und sein vorwurfsvoller Blick ließen keinen Zweifel daran, dass er überhaupt keine Lust auf einen Spaziergang hatte.

Als ich aus dem Hoteleingang trat, war Pat leider schon weg. Mit einem tiefen Seufzer trabte ich los, wurde jedoch von James' Leine ausgebremst. Der Hund hatte seine kurzen Beine in den Boden gestemmt und bewegte sich keinen Zentimeter vorwärts.

Na toll! Jetzt musste ich ihn schon wieder tragen! Ich klemmte ihn mir unter den Arm und fing erneut an zu joggen, aber schon nach wenigen Minuten bildeten sich erste Schweißtropfen auf meiner Stirn. Ich war keine geübte Läuferin und James nicht der Leichteste – auch wenn Oma behauptete, er hätte Idealgewicht. Außerdem war ich viel zu dick angezogen. Es dauerte nicht lange, und ich konnte beim besten Willen nicht mehr. Von Pat war weit und breit nichts zu sehen.

„Na komm, gehen wir zurück!", sagte ich zu James. „Aber dieses Mal trage ich dich nicht."

Das musste ich auch nicht. Sobald der Hund merkte, dass es zurück in sein gemütliches Körbchen ging, wackelte er brav neben mir her.

Ach Mensch! Ein gemeinsamer Spaziergang wäre eine ausgezeichnete Gelegenheit gewesen, Pat klarzumachen, dass Kai-Uwe sich nichts mehr wünschte, als doch noch seinen Junggesellenabschied zu feiern – und dass heute Abend die letzte Gelegenheit dazu war. So feier- und trinkfreudig, wie Pat wirkte, würde er sich bestimmt leicht davon überzeugen lassen, Kai-Uwe damit zu überraschen. Natürlich würde er so kurzfristig nichts besonders Originelles mehr auf die Beine stellen können, aber zumindest konnten sie in Füssen ein bisschen um die Häuser ziehen. Kai-Uwe durfte nur nicht rausbekommen, dass ich diejenige war, die hinter allem steckte! Schließlich wusste ich, dass ein Junggesellenabschied nur deswegen nicht stattgefunden hatte, weil er solche Dinge dämlich fand und als pure Zeitverschwendung ansah.

Außerdem musste ich in Erfahrung bringen, auf welchen Typ Frau Pat stand, damit ich die Stripperin buchen konnte. Das Ganze war natürlich etwas absurd, dessen war ich mir bewusst. Aber wenn mein Plan aufging, standen die Chancen, Pat loszuwerden, gar nicht so schlecht. Natürlich konnte ich die Stripperin nicht bitten, ihn irgendwo festzuketten, das erschien mir dann doch zu hart. Ganz davon abgesehen, dass die Managerin sich darauf bestimmt nicht eingelassen hätte. Es reichte vollkommen, dass Pat Handschellen anhatte. Schließlich war nicht davon auszugehen, dass er mitten in der Nacht oder am frühen Morgen jemanden fand, der das Werkzeug besaß, um sie ihm abzunehmen. Und gefesselt auf dem Standesamt und in der Kirche zu erscheinen, das würde doch hoffentlich noch nicht einmal er wagen.

Vielleicht war Pat ja schon zurück. Ich beschleunigte meinen Schritt.

Als James und ich wieder zurück am Hotel waren, wurde es schon dämmrig, und überall gingen die Weihnachtsbeleuchtungen an. Sogar die Kutschen waren um diese Jahreszeit mit Lichterketten geschmückt. Einen Moment blieb ich stehen, um die glitzernde Pracht um mich herum zu bestaunen – und um kurz zu verschnaufen. Auf dem Rückweg hatte ich mich so beeilt, dass ich ganz aus der Puste war. Auch James schien froh um ein Päuschen. Er machte Anstalten, sich zu setzen, stellte dann aber fest, dass der Boden gefroren war, und zog es vor, auf meinen Lammfellstiefeln Platz zu nehmen. Er hasste es, einen kalten Po zu bekommen.

Klick! Klick! Klick! Sofort blieben ein paar Japaner stehen und fotografierten uns. Dass ich sie wütend anfunkelte, störte sie kein bisschen.

Hoffentlich war Kai-Uwe wenigstens schon losgefahren. Ich ließ die Leine los – freiwillig würde James sich sowieso keinen Zentimeter von meinen Stiefeln wegbewegen – und nahm mein Handy aus der Tasche. Als ich mit meinen Handschuhfingern in meiner Manteltasche wühlte, zog ich allerdings nicht nur das Handy, sondern auch den Zimmerschlüssel heraus, ein altmodisches

Ding mit einem Holzanhänger. Scheppernd verschwand der Schlüssel zwischen den Metallstreben eines Kanaldeckels.

Geschockt sah ich ihm nach. Wie peinlich! Ich hatte kaum eingecheckt, da versenkte ich schon meinen Zimmerschlüssel in einem Gully! Was sollte ich denn jetzt tun? Ich schubste James von meinen Stiefeln und ging in die Knie. Nur etwa dreißig Zentimeter unter mir sah ich den Schlüssel auf dem Rand eines zylinderförmigen Einsatzes liegen. Vielleicht bekam ich ihn ja selbst irgendwie wieder heraus. Ich zerrte an dem Deckel – umsonst. Vielleicht kam ich an den Schlüssel dran, wenn ich meinen Arm hineinsteckte? Ich zog meinen Mantel aus und schob den Ärmel meines Pullovers ein Stück hoch. Mein rechter Arm passte ohne Probleme durch die Metallstreben. Allerdings war er einen Tick zu kurz. Ich legte mich flach hin, meine Wange fest auf den eiskalten Boden gepresst. Den Schlüssel konnte ich schon an meinen Fingerspitzen spüren, ich musste mich nur noch ein bisschen mehr strecken! Doch in diesem Moment spürte ich scharfe Krallen auf meiner Haut. Ich keuchte auf, und im nächsten Moment plumpste ein nicht unbeträchtliches Gewicht auf meinen Rücken.

„Geh runter, James!", zischte ich und wackelte dabei mit der Hüfte, um die Bulldogge abzuschütteln. Aber natürlich gehorchte James mir nicht. Na toll! Jeden Moment konnte wieder ein Japaner auftauchen, um diese entwürdigende Szene festzuhalten! Dann würde mein Hintern, mit einer Bulldogge im türkisfarbenen Mantel mit Kunstfellkapuze darauf, auf irgendeinem japanischen Fotoabend gezeigt werden. Oder schlimmer … auf Instagram und Facebook.

Und da war er auch schon. Schwarze Stiefelspitzen schoben sich in mein eingeschränktes Gesichtsfeld. Ich stöhnte auf und rechnete damit, im nächsten Moment das Klicken eines Auslösers zu vernehmen, doch stattdessen hörte ich jemanden fragen, den ich in dieser entwürdigenden Situation noch weniger als Zeugen dabeihaben wollte als einen japanischen Touristen: „Kann ich dir behilflich sein?"

9. Kapitel

Ich stöhnte auf. Wieso hatte ich eigentlich Angst vor einer drohenden Pechsträhne? Sie hatte längst begonnen. „Ähm, ja! Könntest du die Bulldogge von meinem Rücken entfernen?"

„Welche Bulldogge?", fragte Pat. „Auf dir sitzt ein Pudel."

Ein Pudel? Aber wo war denn dann James? Erschrocken drückte ich mich mit dem freien Arm hoch, und James plumpste auf den Boden. Seinen Sturz quittierte er mit einem erschrockenen Quieken.

„Na toll!" Ich grapschte nach der Leine. Mir waren schon Bilder durch den Kopf geschossen, wie der Hund ertrunken auf dem Grund des Alpsees lag oder im Koffer eines ausländischen Touristen steckte – als Mitbringsel aus Deutschland. Das hätte mir Oma nie verziehen.

„Tut mir leid." Pat sah zerknirscht aus. „Der Scherz war blöd!"

„O ja!", grollte ich. „Außerdem hätte ich den Schlüssel fast gehabt."

„Welchen Schlüssel?"

„Meinen Zimmerschlüssel. Er ist mir in den Abflussschacht gefallen. Da!" Ich zeigte ihn Pat.

„Ach, das haben wir gleich." Er bückte sich, schloss seine Hände fest um zwei Streben und zog mit einem kräftigen Ruck den Deckel hoch. Bei ihm sah das so leicht aus, als würde er eine Schuhschachtel hochheben.

Erleichtert holte ich den Schlüssel heraus.

„Wieso hast du niemandem vom Hotel Bescheid gesagt?"

„Weil es mir peinlich war", gab ich zu. „Außerdem haben die Angestellten dort bestimmt Besseres zu tun, als in einem Kanaldeckel nach Zimmerschlüsseln zu angeln." Ich stand auf und klopfte mir den Schmutz von den Kleidern.

Währenddessen tapste James auf Pat zu und schnüffelte interessiert an seinem Hosenbein.

„Nein, James!" Ich ruckte an der Leine.

„Lass ihn ruhig!" Pat bückte sich, um den Hund zu streicheln. „Du bist also James. Das ist aber ein ziemlich großer Name für einen so kleinen Hund."

„Fass ihn besser nicht an! Das mag er nicht." Doch zu meiner Überraschung wich James nicht knurrend zurück. Nein, er wackelte sogar mit seinem Stummelschwanz und schleckte Pat die Hand!

„Komisch! Dabei kann er Männer normalerweise nicht leiden. Frauen eigentlich auch nicht. Genauso wenig wie Kinder. Im Grunde mag er nur meine Oma. – Der gehört er nämlich", fügte ich hinzu, denn irgendwie wollte ich nicht, dass Pat mich mit einer türkisfarbenen Hundewinterjacke in Verbindung brachte. Wobei mir das ja eigentlich vollkommen egal sein konnte …

Pat richtete sich auf. „James riecht bestimmt meine Hündin. Sie kommt beim anderen Geschlecht gut an." Er grinste. Wie der Herr, so's Gescherr, sagte sein Blick. Pft!

„Hast du sie dabei?"

„Nein. Wieso fragst du?"

„Na, weil du schon ein paar Tage hier bist. Glaubst du, ihr Geruch hält sich so lange in deinen Kleidern?"

„Ach so, nein, du hast recht. Dann bin es wohl wirklich ich, der eine so anziehende Wirkung auf ihn hat." War sein unverschämtes Grinsen kurz verschwunden, prangte es nun wieder in seiner vollen Breite auf seinem Gesicht.

„Was machst du eigentlich mit dem Hund, wenn du auf Weltreise gehst? Nimmst du ihn mit?"

„Nein, meine Schwester passt auf ihn auf."

„Ach! Ist die auch nach Schottland gezogen?"

„Nein, die wohnt in Deutschland." Bildete ich es mir ein, oder war Pats Gesichtsausdruck auf einmal deutlich verschlossener?

„Und wie kann sie dann den Hund versorgen, den du in Edinburgh gelassen hast?"

„Sie holt ihn ab."

Das war aber äußerst umständlich, und ich wollte Pat auch darauf hinweisen, aber auf einmal schien er es sehr eilig zu haben. „Ich gehe jetzt ins Schwimmbad. Der Wellnessbereich hier soll gut sein, habe ich gehört."

„Ich komme mit rein", sagte ich, als mein Blick auf einen alten senfgelben Mercedes fiel, der in der vorgeschriebenen Schrittgeschwindigkeit auf den Hotelparkplatz einbog. Meine Großeltern! Sie durften uns nicht sehen. Ich zerrte James zu mir heran und ging in die Knie.

„Ähm, was machst du denn dort unten?", fragte Pat.

„Mir ist es nicht gut", antwortete ich dumpf, das Gesicht im Fell des Hundes vergraben.

„Und da hilft es dir, wenn du James zwischen deine Beine nimmst und deinen Kopf auf ihm ablegst?"

Ich nickte, während ich gleichzeitig James mit aller Gewalt an mich presste, der knurrte und zappelte und mir deutlich zeigte, dass er auf diese Knuddeleinheit überhaupt keinen Wert legte.

„Okay." Die zweite Silbe zog Pat ziemlich lang. „Ich gehe dann schon mal rein. Oder willst du, dass ich bei dir bleibe?"

„Nein, nein. Es geht bestimmt gleich wieder."

„Na dann. Wir sehen uns beim Abendessen." Seine Stiefel verschwanden aus meinem Gesichtsfeld.

Ich atmete auf und hob den Kopf. Auch James ließ ich los, und der Hund ging sicherheitshalber ein ganzes Stück auf Abstand zu mir. „Das machst du nicht noch einmal", sagte sein vorwurfsvoller Blick.

Opa hatte inzwischen den Mercedes geparkt, und er und Oma stiegen aus. Ich wischte mit dem Ärmel meines Mantels über meine verschwitzte Stirn und atmete noch einmal tief durch. Dann erst ging ich zu ihnen hinüber.

„Na, so eine Überraschung!", rief ich, während James so euphorisch um sie herumsprang, als hätte er sie nicht erst wenige Stunden, sondern mindestens ein Jahr nicht gesehen. „Was macht ihr denn jetzt schon hier? Euer Zimmer ist heute doch noch belegt."

„Ist es nicht." Opa hob zwei Trolleys aus dem Kofferraum. „Ich habe im Hotel angerufen, um mich zu beschweren, aber die Dame in der Reservierungsabteilung wusste gar nicht, wovon ich spreche. Es ist frei. Irgendjemand muss dich vollkommen falsch informiert haben. Als Oma vom Friseur kam, haben wir uns deshalb gleich ins Auto gesetzt und sind hergefahren."

O nein! „Ach! Das ist ja ärgerlich. Wie gut, dass du noch einmal nachgehakt hast! – Deine Frisur sieht übrigens toll aus, Oma", setzte ich nach, um das Thema zu wechseln.

„Ja, nicht wahr?" Geschmeichelt griff sich Oma in die grauen Locken. „Annette hatte ihrer Kollegin zum Glück ganz genaue Anweisungen gegeben. Hast du mit James einen Spaziergang gemacht, Liebes?"

„Ja, einmal um den Alpsee herum. Wir sind gerade in diesem Moment zurückgekommen."

„Das ist ja seltsam." Oma spielte an ihrer Perlenkette. „Ich war fest davon überzeugt gewesen, dich vor dem Hotel stehen gesehen zu haben. Ein großer Mann war bei dir."

Sie hatte Pat und mich gesehen … Mein Magen zog sich zusammen. Bestimmt würde sie gleich auf seine Haarfarbe zu sprechen kommen. Aber das tat sie nicht. Anscheinend hatten seine Mütze und der Kragen seiner Jacke doch mehr verdeckt, als ich gedacht hatte.

„Aber ich hatte meine Brille auch nicht auf", setzte sie nach.

Das war knapp gewesen. Ich brachte meine Großeltern zu ihrem Zimmer, und als Oma mit James darin verschwand, hielt ich Opa zurück.

„Ich muss dir etwas sagen. Die Frau, von der Oma gesprochen hat, das war doch ich. Ich habe euch angeschwindelt, weil ich mit Kai-Uwes Trauzeugen zusammen vor dem Hotel gestanden habe. Patrick. Er hat rote Haare und einen Vollbart …“

„Er hat was?“ Opa entgleisten die Gesichtszüge. Genau wie ich hatte er den hysterischen Anfall wegen des rothaarigen Schornsteinfegers bestimmt noch gut vor Augen. Mit Engelszungen hatten wir damals auf sie eingeredet und uns dabei doch kaum in die Augen sehen können. Jeder wusste, dass die Angst vor dem Fluch spätestens seit dem Unfall meiner Eltern auch im Kopf des anderen spukte.

„Du hast leider richtig gehört.“ Ich legte meine Hand auf seinen Arm. „Aber ich überlege mir was, versprochen! Ich überrede ihn, eine Perücke aufzuziehen und sich den Bart abzurasieren. Oder so etwas in der Art. Irgendetwas wird mir schon einfallen. Ich brauche nur etwas Zeit. Glaubst du, du kannst Oma überreden, sich zum Abendessen etwas beim Zimmerservice zu bestellen?“

„Ich versuche es.“ In seinem hageren Gesicht spiegelte sich nun deutliche Sorge. Vor seinem Ruhestand war Opa Direktor an einer Knabenrealschule in München gewesen, und er hatte den Ruf gehabt, knochenhart zu sein. Aber was meine Oma anging, war er weich wie in der Sonne geschmolzene Butter. Wenn Kai-Uwe und ich eine nur halb so glückliche Ehe führen würden wie meine Großeltern, konnte ich mich glücklich schätzen.

Obwohl ich James nicht mehr auf dem Arm hatte, kamen mir meine Füße auf dem Weg in mein Zimmer unglaublich schwer vor. Irgendwie hatte ich einen Rest Hoffnung gehabt, dass Handschellen und Stripperin nicht zum Einsatz kommen mussten. Ein Notfall-Anruf aus Schottland, ein Noro-Virus, einfach irgendwas … Jetzt aber wusste ich, dass ich es auf solche Zufälle nicht ankommen lassen durfte. Das war ich Oma schuldig. Und Opa. Und Kai-Uwe und mir auch. Ich musste zu Pat ins Schwimmbad. Denn über diesen verflixten Junggesellenabschied hatte ich immer noch nicht mit ihm gesprochen.

Im Zimmer durchwühlte ich als Allererstes meinen Koffer nach meinem Bikini. Ich hatte ihn vergessen. Verärgert knallte ich den Deckel wieder zu. In Unterwäsche konnte ich schlecht schwimmen gehen. Zumindest nicht in der Spitzenunterwäsche. Für das Hochzeitswochenende hatte ich nämlich nur äußerst freizügige Dessous eingepackt. Aber so schnell würde ich nicht aufgeben. In Schwimmbädern wurde doch immer eine ganze Menge vergessen. Mir grauste zwar davor, die Badekleidung einer mir fremden Person anziehen zu müssen, doch in diesem Fall würde ich über meinen Schatten springen.

„Ist zufällig mein Bikini abgegeben worden?", fragte ich die junge Frau an der Wellness-Rezeption, die hingebungsvoll auf ihrem Kaugummi herumkaute.

„Wie sieht er denn aus?" Ungeduldig, weil meine Antwort nicht sofort erfolgte, klackerte sie mit ihren langen, künstlichen Fingernägeln auf der Theke herum. Ich erkannte kleine Zuckerstangen und Strass-Steine.

„Schwarz." Mit dieser Farbe konnte man nichts falsch machen, sagte Oma immer.

Sie verschwand und tauchte gleich darauf wieder auf. „Es wurde kein schwarzer Bikini abgegeben."

Mist! Ich musste ruhig bleiben. „Vielleicht ein roter?"

„Aber Sie haben doch gesagt, dass Ihr Bikini schwarz ist."

„Ja, ähm …" Ich spürte, wie ich anfing zu schwitzen. „Ich dachte, er wäre schwarz. Aber …", ich senkte meine Stimme, „für mich sieht alles grau und schwarz aus. Ich bin nämlich farbenblind."

„Oh!" Der Blick aus ihren stark geschminkten Augen wurde mitleidig. „Es muss schlimm sein, so gar nichts Buntes zu sehen."

Ich nickte. „Das ist es. Einkaufen gehen kann ich nur, wenn mich jemand begleitet. Nicht einmal allein Autofahren kann ich. Wegen der Ampeln …"

„Echt? Dabei muss man sich doch nur merken, wo welche Farbe ist."

Stimmt … „Vielleicht können Sie mir einfach die Kiste bringen und ihn mich selbst suchen lassen."

„Klar." Sie verschwand und knallte kurz darauf eine durchsichtige Kiste vor mich auf den Tresen. „Bitte schön."

Mit spitzen Fingern wühlte ich mich durch Badehosen, Schwimmbrillen, Handtüchern, einen Bikini, dessen Unterteil so klein war, dass er maximal ein Achtel meines Hinterns bedecken würde, und – igitt! – einen benutzten Männerslip, bevor ich auf einen Badeanzug stieß. Er war dunkelblau und mit seiner voluminösen Rüschenverzierung in Blütenform an Dekolleté und Beinausschnitt hätte er Oma gehören können. Da sonst aber leider gar nichts Brauchbares in der Kiste war, rief ich begeistert: „Da ist er ja!"

Die Frau zog ihre zu einem schmalen Strich gezupften Augenbrauen zusammen. „Hatten Sie nicht von einem Bikini gesprochen?"

„Ist das nicht dasselbe?"

„Neiiiiiin", sagte sie gedehnt. Trotzdem ließ sie mich mit dem Oma-Badeanzug anstandslos in die Umkleide. Vielleicht weil sie sich nicht vorstellen konnte, wieso jemand widerrechtlich ein so hässliches Ding an sich bringen sollte. Ich vermutete jedoch eher, dass sie mich für vollkommen verrückt hielt und so schnell wie möglich loswerden wollte.

10. Kapitel

Das Hotelschwimmbad mit seinen vielen Säulen und Wandgemälden war dem Stil einer römischen Therme nachempfunden. Zum Glück war Patrick tatsächlich dort und nicht etwa in der Sauna. Ich hätte zwar nur allzu gern auf den geblümten Badeanzug verzichtet, aber es hätte mich schon einiges an Überwindung gekostet, Pat dorthin zu folgen.

Er zog bereits seine Bahnen, als ich die Halle betrat. Prüfend hielt ich meinen großen Zeh ins Wasser. Leider war es nicht so warm, wie ich es mir erhofft hatte. Normalerweise brauchte ich in Schwimmbädern immer ewig, bis ich mich dazu überwinden konnte, meine mollig warme Umgebung zu verlassen und in das kühle Nass einzutauchen. Doch heute nahm ich mir nicht die Zeit, mich Zentimeter für Zentimeter vorwärts zu arbeiten, bis das Wasser mir über den Bauchnabel reichte. Stattdessen riss ich mir das Handtuch vom Leib und kletterte mit angehaltenem Atem zügig die Treppe hinunter.

Nun hatte Patrick mich gesehen, und er schwamm zu mir herüber. Sofort ging ich in die Knie, damit er möglichst wenig von meinem Badeanzug sah.

„Hast du Lust bekommen, auch ein paar Runden zu schwimmen?"

„Ja!" Das lief ja wie geschmiert. Auf dem Weg hierher hatte ich hin und her überlegt, wie ich am schnellsten und unauffälligsten auf Pats Frauengeschmack zu sprechen kommen konnte, und seine Frage hatte mir die perfekte Steilvorlage geliefert. „Ich dachte, ich überbrücke die Zeit, bis meine Freundinnen ankommen. Elke arbeitet mit mir zusammen im Buchladen. Erinnerst du dich an sie?"

„Die mit den gehäkelten Ohrringen?"

Trotz meiner Anspannung musste ich grinsen. Es war klar, dass ihm genau dieses Detail in Erinnerung geblieben war. „Ja, genau. Sie hat eine ganz doofe Scheidung hinter sich." Die lag zwar schon zwei Jahre zurück, aber ich hatte ja nicht behauptet, dass sie noch ganz frisch war. Ich legte meine Stirn in bekümmerte Dackelfalten und stieß einen theatralischen Seufzer aus. „Ich hoffe wirklich, dass sie durch die Tage hier auf andere Gedanken kommt. Dass sie mal ein bisschen abschalten kann und nicht immer nur an ihren Ex denken muss. Ich habe mir vorgenommen, sie so viel wie möglich einzuspannen. Zum Beispiel soll sie ein Auge auf den Geschenketisch haben. Auf Hochzeiten wird unheimlich viel geklaut." Für den Fall, dass Pat wirklich etwas in die Richtung vorhatte, konnte ich diesen Verdacht ruhig mal einwerfen, fand ich. Argwöhnisch beobachtete ich seine Reaktion.

Doch seine Miene war vollkommen neutral, allenfalls ein bisschen belustigt, als er sagte: „Das kann ich mir nicht vorstellen. Vom Personal wird sich das keiner trauen. Und von den Gästen wird ja wohl keiner lange Finger machen."

Entweder war Pat ein guter Schauspieler, oder es war wirklich nicht sein Plan, sich an unseren Hochzeitsgeschenken zu bereichern. Zumindest wirkte er so unschuldig, wie ein Mann mit roten Haaren und Vollbart eben wirken konnte – ein Mann, dessen Schultern so breit waren, dass rechts und links ein Kind darauf gepasst hätte. Ich wusste ja nicht, wie der Rest von ihm aussah, aber der Bereich vom Hals bis zu seinem glatt rasierten Brustansatz, war … vielversprechend.

Das hatte ich doch nicht wirklich gerade gedacht? Ich biss mir auf die Unterlippe. Der Mann war der Feind! Egal, wie perfekt seine Figur sein mochte!

„Meine Schwester hat nach ihrer Hochzeit auch behauptet, dass während der Feier Geld aus einem Umschlag verschwunden ist", fuhr Pat fort. „Das Geschenk einer Großtante. Dann aber kam heraus, dass die Großtante gar kein Geld hineingesteckt hatte, sondern nur eine Glückwunschkarte. Ihr Geschenk war eine Schachtel Edle Tropfen in Nuss."

„O nein! Hätte es nicht wenigstens eine Packung Raffaello sein können?"

Pat lachte auf.

„Das war ernst gemeint", sagte ich. „Ich liebe Raffaello! Auch wenn sie ein Werk des Teufels sind. Obwohl sie so unschuldig, weiß und flauschig aussehen, machen sie hochgradig süchtig. Im Grunde genommen sollte ich also hoffen, dass uns niemand eine Packung zur Hochzeit schenkt." Herrje, ich fing an zu plappern! Das tat ich immer, wenn ich nervös war. Ich sollte dringend auf mein Anliegen zurückkommen. „Aber noch mal zu Elke: Ich habe sie dir als Tischnachbarin zugeteilt. Weil ihr beide alleine hier seid. Es wäre also schön, wenn du dich ein bisschen um sie kümmerst. Sie ist ein ganz lieber Mensch, und ich könnte mir vorstellen, dass ihr beide euch super verstehen werdet. Oder hast du etwas gegen Frauen, die gehäkelte Ohrringe tragen?" Der Übergang war zugegeben nicht besonders elegant, würde aber hoffentlich seinen Zweck erfüllen.

„Kommt drauf an, wie sie sonst so aussehen." Pat grinste. Äußerst anzüglich, wie ich fand.

Ich spürte, dass ich rot wurde. Vor Ärger natürlich. „Du weißt doch, wie Elke aussieht. Schließlich hast du sie schon kennengelernt. Jetzt sag mal: Wie muss ich mir denn eine Frau vorstellen, die dir gefällt?" Ich tippte auf den Typ schwarzhaarig und verdorben.

„Du gefällst mir."

Was? Glücklicherweise stand ich am Beckenrand. Sonst wäre ich wahrscheinlich umgekippt. Das hatte Pat jetzt nicht wirklich gesagt?!

Doch, hatte er! Und er besaß auch noch die Unverfrorenheit, mir weiterhin unverwandt in die Augen zu schauen. Machte er sich über mich lustig? Oder schlimmer: Versuchte er etwa, mich anzubaggern? Mich! Die Verlobte seines besten Freundes! Ich hatte gleich gewusst, dass diesem Typen nicht zu trauen war.

„Du bevorzugst also Blondinen", sagte ich, als ich mich wieder dazu in der Lage sah, zu sprechen.

„Nein", antwortete Pat ohne das geringste Anzeichen eines schlechten Gewissens. „Ich bevorzuge Frauen mit Charakter."

Es mochte Frauen geben, die sich durch dieses Gesülze einlullen lassen würden, aber ich gehörte definitiv nicht dazu. „Ach! Und du glaubst wirklich, ein Urteil über meinen Charakter fällen zu können? Du kennst mich erst seit zwei Tagen."

Pat lächelte ungerührt. „Das reicht, um zu erkennen, dass mein bester Freund ein ziemlicher Glückspilz ist. Nicht nur, dass du sehr hübsch bist, du bist auch lustig und nicht auf den Mund gefallen. Und du bist keine von den Tussis, die glauben, Hotelpersonal wie Sklaven behandeln zu können. Du kannst anpacken und hast keine Probleme damit, dich schmutzig zu machen. Als ich vorgestern im Buchladen war, warst du außerdem sehr nett zu dem älteren Herrn, der ein Buch für seine Frau gesucht hat …"

Nun fühlte ich mich doch ein wenig geschmeichelt. Es war schön, all diese Dinge über mich zu hören. Und ich musste zugeben: Ein bisschen hatte er ja schon recht. Ich war freundlich zu anderen Menschen, und ich versuchte, alles erst mal selbst zu regeln. Außerdem hatte ich einen ausgeprägten Gerechtigkeitssinn. Nur als lustig hatte mich bisher noch niemand bezeichnet.

Jetzt ließ ich mich ja doch von ihm einlullen! Ich presste die Lippen zusammen, um das dümmliche Grinsen loszuwerden, von dem ich genau spürte, dass es sich auf meinem Gesicht breitgemacht hatte. Dieser Typ war genau wie ein Raffaello: Auch wenn er einen auf unschuldig machte – ich wusste, dass er hochgradig gefährlich war. Welcher anständige Mann erzählte der Verlobten seines Trauzeugen schon, dass sie genau der Typ war, auf den er stand?

Wie ärgerlich, dass Pat ganz offensichtlich nicht dazu bereit war, mir seine optischen Vorlieben mitzuteilen.

Ich konnte mir nämlich nicht vorstellen, dass ich mit Angaben wie „Die Stripperin sollte lustig sein, freundlich zu älteren Menschen, und sie sollte auf gar keinen Fall Probleme damit haben, sich schmutzig zu machen" die perfekte Kandidatin finden würde. Und ein Foto von mir an die Chefin des Clubs zu mailen, hätte ich auch ausgesprochen befremdlich gefunden. Am besten verließ ich mich auf meine Intuition, und die lautete: schwarzhaarig und verdorben.

Ich klimperte mit den Wimpern. „Schön, dass du mich so siehst! Kai-Uwe hat mit dir als Trauzeugen auch unglaubliches Glück." Hatte ich zu dick aufgetragen? Eventuell! Denn Pats Augenbrauen waren zusammengewandert. Deshalb setzte ich schnell nach: „Ich habe noch eine kleine Bitte an dich. Du weißt doch bestimmt, wie unglaublich viel Kai-Uwe arbeitet …"

„O ja, das weiß ich." Pats Augenbrauen entspannten sich wieder. „Der Mann lebt nur für seine Arbeit. Und für dich natürlich." Er schmunzelte, und ich fragte mich, was denn daran so lustig war.

„Genau. Nicht mal für einen Junggesellenabschied hatte er Zeit. Dabei hätte er so gerne einen gefeiert. Und deshalb wollte ich dich fragen, ob du vielleicht Lust hättest, nach dem Abendessen ein bisschen mit ihm um die Häuser zu ziehen. Mark, der Freund meiner Trauzeugin, würde auch mitkommen. Nicht zu lange natürlich. Schließlich muss Kai-Uwe morgen fit sein. Aber ihr könntet ein paar Bier trinken, einen Stripclub besuchen …"

Pat, der meinem Vorschlag mit zunehmend befremdeterer Miene gelauscht hatte, lachte schallend auf. „Ist das dein Ernst? Ich soll mit Kai-Uwe in einen Stripclub gehen?" Er machte einen Schritt zur Seite, weil eine ältere Frau genau auf die Stelle des Beckenrands zuschwamm, an der er lehnte – und er stand auf einmal ziemlich dicht vor mir.

„Ja! Es ist schließlich sein letzter Abend in Freiheit, und ab morgen gehört er ganz mir." Ich unterdrückte den Drang, zurückzuweichen. „Da kann man doch mal ein bisschen großzügiger sein."

„Okay …", sagte Pat gedehnt. Ich merkte ihm deutlich an, dass er immer noch überlegte, ob ich mir nicht vielleicht einen Spaß mit ihm erlaubte. „Kann ich machen. Gibt es denn hier in der Gegend überhaupt so einen Schuppen?"

„Ja, das *Bad Angel* in Füssen. Der Laden macht schon um zehn Uhr auf, und wenn wir einen Junggesellenabschied anmelden, gibt es eine kleine Überraschung. Ich kann das gerne für dich erledigen."

„Na, wie diese Überraschung aussieht, kann ich mir vorstellen …" Er feixte, doch im nächsten Moment wurde seine Miene ungewohnt ernst, und er fragte: „Und du bist dir wirklich sicher, dass du weißt, was du tust?"

Nein, das wusste ich nicht! Und aus irgendeinem Grund wurde mir bei dem intensiven Blick aus Pats braunen Augen auf einmal ganz anders. Er stand wirklich sehr, sehr nah vor mir. Ich löste unseren Blickkontakt und schaute nach unten – genau auf Pats muskulösen Brustkorb. Auch nicht viel besser.

Ich musste unser Gespräch so schnell wie möglich beenden und wieder Abstand zwischen uns bringen. „Natürlich weiß ich das. Ich möchte Kai-Uwe zu einem schönen Junggesellenabschied verhelfen. Und da ich ihm zu einhundert Prozent vertraue, ist es auch kein Problem für mich, wenn ihr einen Stripclub besucht. Das gehört schließlich zu einem richtigen Junggesellenabschied dazu. Danke, dass du mitmachst." Demonstrativ schaute ich auf die große Wanduhr in der Schwimmhalle. „Am besten gehe ich wieder auf mein Zimmer. Elke und Elisa sollten jetzt da sein, und es wird wohl auch nicht mehr so lange dauern, bis Kai-Uwe kommt." Ich watete zu der Leiter und stieg mit wackligen Knien hinauf. „Wir sehen uns beim Abendessen."

„Warte!", rief Pat, als ich oben stand.

Was wollte er denn jetzt noch?

„Schicker Badeanzug!" Er zwinkerte mir zu und stemmte sich hoch, um ebenfalls aus dem Wasser zu steigen.

Idiot! Ich wirbelte herum. Leider nicht schnell genug, denn mir entging nicht, dass der Rest seines Körpers, der von der Brust abwärts, ebenfalls ziemlich vorzeigbar war.

11. Kapitel

Pfeifend verschwand Pat mit einer Flasche Shampoo in der Hand und einem Handtuch über den Schultern in den Duschen. Erst in der Umkleide fiel mir auf, dass ich mein Handtuch blöderweise im Schwimmbad liegen gelassen hatte. Weil ich Pat auf gar keinen Fall noch einmal über den Weg laufen wollte, wartete ich frierend in meinem nassen Badeanzug auf der harten Bank der Umkleidekabine, bis ich mir sicher sein konnte, dass er den Wellnessbereich verlassen hatte. Dann erst ging ich zurück und holte es.

„Hallo, Sie!" Die ältere Frau, der Pat vorhin Platz gemacht hatte, schlurfte in viel zu großen Badelatschen auf mich zu. Ihre mit Blumen bestickte Badekappe hätte hervorragend zu meinem Badeanzug gepasst. „Ihr Mann hat Ihr Shampoo in der Dusche vergessen." Sie streckte es mir entgegen.

Mein Mann? Hatten Pat und ich gerade wirklich so vertraut miteinander gewirkt, dass wir für ein Paar gehalten werden konnten?

„Er ist nicht mein Mann. Aber danke", murmelte ich, bevor ich mit gesenktem Kopf Richtung Ausgang eilte.

Auf dem Weg zu meinem Zimmer begegnete ich im Foyer Elke, Elisa und Mark. Sie hatten gerade eingecheckt und waren mit ihren Koffern auf dem Weg zum Aufzug.

„Kai-Uwe ist auch schon da!", rief Elke, als sie mich sah. „Dein Herzblatt ist auf sein Zimmer gegangen."

Unter anderen Umständen hätte ich mich gefreut, aber im Moment hatte ich überhaupt keinen Kopf, mich mit der Ankunft meines Verlobten zu befassen. Über die meiner Freundinnen freute ich mich gerade viel mehr. Endlich hatte ich jemanden, mit dem ich über alles reden konnte!

„Schön, dass ihr da seid!" Ich umarmte die drei nacheinander. Bei Mark musste ich mich dazu auf die Zehenspitzen stellen. Er war sogar noch größer als Pat.

„Und? Hast du schon mit Patrick gesprochen?", fragte Elisa.

„Ja, wir waren gerade zusammen im Wellnessbereich."

„Oh! Dann konntest du ihn ja ganz unverhüllt in Augenschein nehmen." Elke kicherte, und auch Elisa konnte ein Schmunzeln nicht verbergen.

Ich schnaubte. „Wir waren nicht zusammen in der Sauna, falls du das jetzt denkst, sondern im Schwimmbad."

„Und was hat Pat gesagt?", wollte Elisa wissen. „Fährt er nun nach dem Abendessen nach Füssen, um mit Kai-Uwe und Mark einen draufzumachen?"

„Selbstverständlich tut er das. Daran hatte ich auch nicht gezweifelt. Pat macht auf mich nicht den Eindruck, als ob er sich eine Feier entgehen lassen würde."

„Super!" Elke strahlte.

„Ja, ganz toll", murmelte Mark. Man konnte ihm ansehen, dass er überhaupt keine Lust auf ein solches Abendprogramm hatte.

„Hey, jetzt stell dich nicht so an." Elisa knuffte ihren Freund in die Seite. „Du wirst eine Menge halb nackter Frauen zu sehen bekommen."

„Eine würde mir reichen, und zwar du. Du weißt doch, was für eine Woche ich hinter mir habe. Ich bin keinen Abend vor acht nach Hause gekommen. Außerdem … dieser Plan ist absurd." Er fuhr sich mit gespreizten Fingern durch seine dichten dunklen Haare. „Auf so etwas könnt auch wirklich nur ihr drei kommen."

„Also meine Idee war das alles nicht", wehrte Elisa ab.

„Ich bin dir wirklich dankbar, dass du mir hilfst", schaltete ich mich schnell ein. Ich ging auf Mark zu und gab ihm einen Kuss auf die Wange. „Und ich kann mir auch gut vorstellen, was für einen seltsamen Eindruck das alles auf dich macht, aber meine Familiensituation …", ich zögerte, „ist in Bezug auf rothaarige Männer mit Vollbart etwas kompliziert. Und Patrick … Obwohl er sein bester Freund ist, habe ich irgendwie das Gefühl, dass Kai-Uwe ihn nicht leiden kann und ihn am liebsten selbst loswerden würde."

„Wieso hältst du eigentlich ein Männershampoo in der Hand?", fragte Elke auf dem Weg in den ersten Stock. Ihr Zimmer lag gleich neben meinem.

„Ach, das gehört nicht mir. Pat hat es im Schwimmbad vergessen. Ich gebe es ihm beim Abendessen zurück." Wir waren vor meiner Tür angelangt, und ich holte meinen Schlüssel heraus.

Elke runzelte die Stirn. „Willst du eigentlich deinen Ehemann in spe gar nicht begrüßen?"

„Jetzt noch nicht." Zuerst wollte ich mit der Managerin des Stripclubs telefonieren. Außerdem hatte mir aus dem goldenen Spiegel im Foyer gerade ein geisterhaft blasses Gesicht entgegengeschaut, umrahmt von wirrem, an den Spitzen noch nassem Haar. „Vorher möchte ich duschen und mich ein bisschen hübsch machen. Nicht, dass er es sich so kurz vor der Hochzeit anders überlegt." Ich zwang mich zu einem Lächeln, das wohl ziemlich gequält ausfiel.

„Ich verschwinde auch direkt im Bad. Ich muss mir vor dem Abendessen dringend noch die Beine enthaaren. Inzwischen sehen sie aus wie die von einem Yeti." Elke zog eine Grimasse. Erst als sie mir ausführlich die Vorteile ihrer Enthaarungscreme gegenüber einem Nassrasierer geschildert hatte (durch Erstere wurde die Haut anscheinend innerhalb von Sekunden glatt wie ein Babypo), gelang es mir, sie loszuwerden, und ich konnte der Managerin des *Bad Angels* endlich meine Wunschvorstellung weitergeben.

Erfreulicherweise hatte sie mit einer Deborah eine rassige Spanierin im Angebot. Auch ein Zimmer in einem Motel ein wenig außerhalb der Stadt, das größten Wert auf Diskretion legte und seine Räume auch stundenweise anbot, hatte die dienstbeflissene Frau schon reserviert.

Ich ließ meine schmerzenden Schultern kreisen. Eine ausgiebige Dusche würde meine Muskulatur hoffentlich etwas lockern. Aber obwohl ich das Wasser so heiß stellte, dass ich mich fast daran verbrühte, und der Strahl auf der härtesten Stufe stand, blieb dieser Effekt aus.

In meinem Kopf wirbelten die Gedanken herum wie die Schneeflocken draußen vor der Fensterscheibe. Mark hatte ja recht, der Plan war absurd. Total absurd! Und wenn mir am Anfang der Woche jemand gesagt hätte, dass ich einen Tag vor der Hochzeit eine Stripperin engagieren würde, damit sie Kai-Uwes Trauzeugen Handschellen anlegte, hätte ich denjenigen für komplett verrückt erklärt. Aber was blieb mir für eine Wahl? Oma würde außer sich sein, wenn sie Pat sah. Sie hatte mir früher ja nicht einmal erlaubt, in ihrer Anwesenheit Pumuckl zu schauen, und der Kobold hatte noch nicht einmal einen Vollbart. Warum konnte Pat nicht blond, brünett, schwarz- oder grauhaarig sein? Wieso hatte er keine Glatze?

Eine Glatze! Nachdenklich zeichnete ich ein Muster auf das beschlagene Glas der Duschkabine und starrte auf Pats Shampoo, das ich auf der Ablage neben dem Waschbecken abgestellt hatte. Elke hatte doch gerade von ihrer neuen Enthaarungscreme erzählt … Und wie unglaublich schnell sie wirkte. Ich spürte, wie meine Mundwinkel sich wie von selbst anhoben. Da hatte ich ihn, meinen Plan B!

12. Kapitel

Elke hatte doch tatsächlich ein wenig Skrupel gehabt, mir ihre Enthaarungscreme zur Verfügung zu stellen. „Meinst du nicht, das geht zu weit?", hatte sie eingewendet. „Wenn ich mir vorstelle, jemand würde mir Enthaarungscreme ins Shampoo mixen, und ich würde alle meine Haare verlieren …" Sie schauderte und griff nach ihren Zöpfen, als müsste sie sie beschützen.

Zum Glück hatte ich sie letztendlich überzeugen können. Die Creme würde ja gar nicht zum Einsatz kommen, wenn Plan A funktionierte. Dann konnte Pat sich seine Haare morgen früh nämlich gar nicht waschen, weil seine Hände mit Handschellen zusammengebunden wären.

Inzwischen hatte ich ihm den Shampoo-Enthaarungscreme-Mix gegeben. Und auch sonst lief alles reibungslos. Oma und Opa würden ihr Abendessen auf dem Zimmer einnehmen und früh zu Bett gehen, um für den morgigen Tag fit zu sein. Und Kai-Uwe, neben dem ich Händchen haltend im Speisesaal saß, war ausgezeichneter Laune, weil sein Bruder so viel in der Firma zu tun hatte, dass er erst morgen früh mit seiner Familie anreisen würde. Er selbst dagegen war mit allem, was er sich vorgenommen hatte, fertig geworden.

„Schade, dass du heute unbedingt getrennte Zimmer nehmen wolltest", flüsterte er mir ins Ohr. „Meinst du, ich darf dir nach dem Essen wenigstens einen Besuch abstatten? Danach gehe ich auch ganz brav in mein

Zimmer, damit unsere Ehe garantiert unter einem guten Stern steht."

„Das ist eine ausgezeichnete Idee!" Ich küsste ihn auf die Nasenspitze. Dabei wusste ich ganz genau, dass er dafür gar keine Zeit haben würde.

Neben Elke, Elisa und Mark aßen auch seine Eltern und Großonkel Heiner mit uns zu Abend. Letzterer erwies sich als netter, ein wenig tattriger älterer Herr. Aber seine Augen funkelten unternehmungslustig, und ich konnte ihn auf Anhieb gut leiden. Kai-Uwes restliche Verwandtschaft würde erst morgen früh anreisen.

„Hast du an die Ersatznylon gedacht?", fragte mich meine Schwiegermutter Konstanze.

„Ich habe sogar vier."

„Sehr gut." Sie lächelte mich wohlwollend an, und ich war erleichtert. Bei Kai-Uwes Vater hatte ich gleich den Eindruck gehabt, dass er mich mochte, Konstanze aber hatte eine Weile gebraucht, um mit mir warm zu werden. Wahrscheinlich war sie enttäuscht, dass Kai-Uwe sich nicht in eine der Töchter ihrer vielen High-Society-Freundinnen verguckt hatte. Kai-Uwe hatte mir erzählt, dass sie jahrelang erfolglos versucht hatte, ihn mit einer von ihnen zu verkuppeln. Aber inzwischen kamen wir beide gut miteinander aus.

„Das gibt es doch nicht! Sie sind mit Harry Duff befreundet. In seiner Bäckerei gibt es das einzig genießbare Brot in ganz Edinburgh", trompete Pat, der gegenüber von uns neben meinem Schwiegervater in spe saß, auf einmal los.

Ich verdrehte die Augen. Dass dieser Mann immer so laut sein musste!

Auch Konstanze wirkte irritiert. Sie beugte sich zu mir herüber. „Ich muss ja zugeben, dass ich mir Patrick nach Kai-Uwes Erzählungen ganz anders vorgestellt habe. Irgendwie ein bisschen … kultivierter."

Ja, ich mir auch! Ich seufzte. Erst dann realisierte ich so richtig, was meine Schwiegermutter gerade gesagt hatte. „Dann hast du Patrick also auch erst heute kennengelernt?" In meinem Magen breitete sich ein mulmiges Gefühl aus.

Konstanze nickte. „Ehrlich gesagt wusste ich bis vor ein paar Monaten nicht einmal, dass es ihn gibt."

„Die beiden kennen sich also noch nicht von klein auf?" Obwohl Kai-Uwe nichts dergleichen erwähnt hatte, war ich davon ausgegangen.

Konstanze schüttelte den Kopf. „Sie sind sich erst während des Studiums in Schottland begegnet. Damals hat Kai-Uwe ihn allerdings nie erwähnt und danach auch nicht. Na ja, der Junge war schon immer so verschlossen wie eine Auster … Ganz anders als sein Bruder …" Während sie anfing, von ihrem älteren Sohn zu schwärmen, beobachtete ich Pat. Inzwischen hatte er auch Großonkel Heiner in die Unterhaltung einbezogen, und mit ihm schien er sich ebenfalls bestens zu verstehen. Kai-Uwe, der gerade noch so gut gelaunt gewesen war, schaute mit finsterer Miene zu den Dreien hinüber und steuerte kein Wort zu dem Gespräch bei.

Das Abendessen war eine leicht abgespeckte Form des Hochzeitsmenüs, damit wir bei Bedarf noch das ein oder andere daran ändern konnten. Aber das war gar nicht nötig. Das Rehtatar, der Gewürzlachs und die Ente in Honig-Orangen-Soße schmeckten fantastisch.

Ich hatte mit Pat vereinbart, dass er Kai-Uwe erst beim Dessert von dem spontanen Junggesellenabschied erzählen sollte. So hatte er wenig Zeit, sich Ausflüchte zu überlegen, denn gleich danach sollte es auch schon losgehen. Die Dessertvariation bestand aus Cheesecake-Cremeux, einem Trüffel-Dominostein und einem kleinen, mit weißer Schokolade und roter Fruchtsoße überzogenen Apfel. Ich suchte Pats Blick, und er nickte mir unmerklich zu. Sehr gut! Es ging los!

„Ich habe übrigens noch eine Überraschung für dich", sagte Pat laut und deutlich, als Kai-Uwe gerade seinen Löffel in die Käsekuchencreme versenkte. Schlagartig verstummten alle Tischgespräche, und Pat genoss die Aufmerksamkeit sichtlich. „Ja! Du hast ganz richtig gehört, lieber Kai-Uwe. Eine Überraschung! Bestimmt bist du ganz gespannt?"

„O ja!" Kai-Uwes Miene strafte seinen Worten Lügen.

„Na, dann will ich dich nicht länger auf die Folter spannen." Pat grinste sein breites Hollywood-Lächeln. Allerdings erinnerte es mich nicht an Brad Pitt, es war eher so diabolisch wie das von Jack Nicholson. „Also: Sobald du aufgegessen hast, steigen du, Mark und ich in ein Taxi und fahren nach Füssen, um dort deinen Junggesellenabschied zu feiern. Na, was sagst du, alter Junge?" Er schlug meinem Verlobten auf die Schulter. Ich ging davon aus, dass nicht nur dieser beherzte Schlag daran schuld war, dass Kai-Uwe so aussah, als würde er gleich in Ohnmacht fallen.

„Meinen Junggesellenabschied. Aber wie stellst du dir das vor? Morgen ist die Hochzeit, und Rosalie will doch den Rest des Abends bestimmt nicht allein hier verbringen." Er warf mir einen Hilfe suchenden Blick zu.

„Was hat der Junge gesagt?", fragte der schwerhörige Großonkel Heiner und legte eine Hand an sein Ohr. Von Konstanze wusste ich, dass er sich aus Eitelkeit weigerte, ein Hörgerät zu tragen.

„Der Junge macht sich Sorgen, dass es seiner entzückenden Verlobten nicht passt, wenn er heute Abend noch ein letztes Mal einen draufmacht", brüllte Pat. „Das muss er aber nicht! Ich habe Rosalie schon eingeweiht, und sie hat nichts dagegen, ein paar Stunden auf ihren Kai-Uwe zu verzichten. Die beiden schlafen heute Nacht sowieso in getrennten Zimmern."

Ich schnaubte. Diese Bemerkung hätte er sich wirklich verkneifen können! Auch Kai-Uwe, der vorher schon so ausgesehen hatte, als hätte er ein Glas Essig getrunken, entgleisten endgültig die Gesichtszüge.

Großonkel Heiner aber war begeistert. „Ich bin dabei!"

„Bist du dir ganz sicher, Heiner?", fragte Konstanze. „Du bist doch gerade erst aus dem Krankenhaus entlassen worden! Und die jungen Leute …" Sie schaute in die Runde. „Die wollen doch bestimmt unter sich sein."

„Nein, nein. Je mehr Leute, desto lustiger wird es." Pat verschlang seinen kunstvoll angerichteten Dominostein in einem einzigen Happen.

Als Pat verschwunden war, um sich seine Jacke zu holen, nahm Kai-Uwe mich beiseite. „Rosalie, kannst du nicht sagen, dass du es dir anders überlegt hast und den Abend gerne mit mir verbringen willst?"

Er tat mir ein bisschen leid, aber ich musste hart bleiben. „Wie stellst du dir das vor? Es ist schon alles arrangiert. Und Pat freut sich doch so darauf. Ich wette, er hat sich mit der Vorbereitung ganz viel Mühe gegeben."

Kai-Uwe stöhnte. „Einen Tag vor der Hochzeit ist das eine total schwachsinnige Idee! Wie ist er darauf überhaupt gekommen?"

Ich schluckte. Das würde er hoffentlich niemals erfahren! „Entspann dich doch einfach mal und genieß den Abend. Es ist schließlich dein letzter in Freiheit." Wahrscheinlich wirkte das Lächeln, das ich bei diesen Worten aufsetzte, nicht halb so schelmisch, wie ich beabsichtigte. „Und jetzt hol deinen Mantel. Oder willst du erfrieren? Das Taxi steht schon vor der Tür." Ich konnte den hellbeigen Mercedes durch die gläserne Hoteltür sehen.

Kai-Uwe stöhnte auf, gehorchte aber mit leidendem Gesichtsausdruck. Ich folgte ihm ins Foyer und wartete dort auf Pat.

„Ich kann mich doch auf deine Diskretion verlassen?", sagte ich, als der dick eingepackt mit der rot karierten Jacke, Schal und Mütze erschien.

„Du meinst, dass das, was im *Bad Angel* passiert, auch im *Bad Angel* bleibt?"

Dieser Kerl war unmöglich!

„Nein." Ich blitzte ihn an. „Ich meine damit, dass du Kai-Uwe nicht erzählst, dass ich es war, die dich auf die Idee mit dem Junggesellenabschied gebracht hat. Er würde es vermutlich ein bisschen komisch finden, dass ich ihm für seinen letzten Abend vor der Hochzeit einen Besuch im Stripclub wünsche."

„Nein, nein", sagte Pat ernst. „Es würde nur so aussehen, als ob du wahnsinnig tolerant wärst und ihm außerdem noch einmal etwas Gutes tun wolltest." Es war klar, dass er sich über mich lustig machte.

Wie froh würde ich sein, wenn er in ein paar Stunden sicher mit Handschellen gefesselt war! Oder haarlos. Ich traute ihm zwar durchaus zu, dass er sich in diesem Fall trotzdem neben Kai-Uwe an den Traualtar stellen würde, aber immerhin würde sein Anblick das schwache Herz meiner Großmutter nicht zusätzlich belasten.

„Bist du dir eigentlich ganz sicher, dass Kai-Uwe sich einen Junggesellenabschied gewünscht hat? Er hat auf mich keinen besonders glücklichen Eindruck gemacht." Pat nahm einen Kaugummi aus seiner Jackentasche. Er bot mir einen an, aber ich lehnte ab.

„Natürlich freut er sich. Er … hat nur Probleme damit, es zu zeigen."

„Na, wenn du das sagst." Pat breitete mit einer theatralischen Geste die Arme aus. „Dann lasst die Spiele beginnen."

Mir wurde ganz mulmig zumute. Was tat ich dem armen Kai-Uwe nur an! Einen Tag vor unserer Hochzeit. Ob es noch eine Möglichkeit gab, einen Rückzieher zu machen?

Doch bevor ich dazu kam, mich intensiver mit diesem Gedanken zu beschäftigen, stiegen Kai-Uwe, Großonkel Heiner und Mark auch schon aus dem Aufzug.

„Es dauert nicht lange, versprochen!", sagte er, und es fiel ihm sichtlich schwer, meine Hand loszulassen.

Mit einem äußerst unguten Gefühl im Bauch sah ich zu, wie mein Verlobter mit Großonkel Heiner, eingerahmt von Mark und Pat wie von Bodyguards, das Hotel verließ und in das Taxi stieg. Das würde doch niemals gut gehen!

13. Kapitel

So schnell ich konnte, rannte ich nach oben und holte ebenfalls Jacke und Mütze aus meinem Zimmer.

Unten angekommen warteten nicht nur Elke und Elisa auf mich. Auch unser Taxi stand bereits da.

„Nach Füssen bitte", sagte ich zu der Fahrerin. Die Frau hatte blondes, wallendes Haar, das in krassem Gegensatz zu ihrem faltigen Gesicht und dem Nasenpiercing stand. „Ins *Bad Angel*." Ich spürte, dass ich rot wurde. Konnte dieser Laden keinen unverfänglicheren Namen haben?

„Das ist ein Stripclub", fügte Elke von ihrem Platz auf dem Rücksitz aus völlig unnötig hinzu.

„Dat woß ich doch, Liebche", sagte die Taxifahrerin, die ganz offensichtlich nicht aus Bayern kam, und startete den Motor. „Seid ehr drei Lesben?"

Ich hörte Elisa keuchen, und auch ich sah die Taxifahrerin empört an. Was ging sie das denn an?

Der Fahrerin entging unser Unmut nicht, und sie erklärte: „Wenn ehr keine Lesben seid oder keinen Kerl bei üch habt, kütt ehr dort net ren. Die Türsteher dort sein knallhart."

Na toll, auf diese Einschränkung hätte mich die Chefin des Stripclubs ruhig hinweisen können! Ich hatte schließlich nicht nur eins ihrer Mädchen, sondern auch ein sündhaft teures Separee für Elisa, Elke und mich reserviert, von dem aus man einen guten Blick in den Club hatte. Wenn uns die Taxifahrerin nicht vorgewarnt hätte, wären wir vielleicht gar nicht reingekommen!

Doch meine Bedenken waren unnötig. Sobald ich dem zwei Meter großen Türsteher mit den spitzen Nietenstacheln an der Lederjacke unsere VIP-Tickets zeigte, hatte sich die Frage nach unserer sexuellen Orientierung wohl erübrigt, und er ließ uns anstandslos hinein.

Von außen hatte der Stripclub mit seiner heruntergekommenen Betonfassade und der Neonbeleuchtung schäbig ausgesehen, aber innen wirkte er mit dem vielen roten Samt und den edlen Stühlen und Kronleuchtern regelrecht elegant. Wären die chromblitzenden Stangen nicht gewesen und die Frauen, von denen die meisten nur mit einem Hauch von nichts plus Nikolausmütze bekleidet waren, hätte man den Club für ein nostalgisches Theater halten können.

Zum Glück war das *Bad Angel* gut besucht, und es befanden sich auch einige Frauen unter den Gästen, sodass wir nicht groß beachtet wurden. Nicht einmal Elke, die mit ihren Zöpfen, der langen Strickjacke und den Schlaghosen aus Cordsamt so gar nicht dem optischen Durchschnitt entsprach.

Nervös schaute ich mich um.

Mark hatte von mir drei Aufgaben gestellt bekommen: Zum einen sollte er meine Handschellen an der Bar abgeben. Die Chefin des Stripclubs hatte mir zwar versichert, dass solche Accessoires, wie sie es nannte, zum Inventar des *Bad Angel* gehörten, aber da ich mir nicht vorstellen konnte, dass sie genauso stabil waren wie das Modell, das ich gekauft hatte, bestand ich darauf, dass die Stripperin meine eigenen verwendete. Zweitens sollte er einen Tisch verlangen, der möglichst weit weg von der Eingangstür und unserem Separee lag. Und drittens sollte er Elisa ein Foto von ihrem Sitzplatz schicken, damit wir den weiträumig umgehen konnten. Da man aber bereits beim Hineingehen durch mehrere Schilder darauf hingewiesen wurde, dass Fotografieren ausdrücklich verboten war, hatte er uns lediglich geschrieben: An der dritten Stange links bei dem anderen Junggesellenabschied.

Tatsächlich war dieser Junggesellenabschied bereits vom Eingangsbereich aus sehr leicht auszumachen. Denn er wurde so ziemlich jedem Klischee gerecht. Der korpulente Bräutigam trug einen pinkfarbenen Plüschhaarreif mit Brüsten, deren Nippel rot blinkten. Seine Mitstreiter trugen schwarze Shirts mit der Aufschrift Bräutigang, und in ihrer Mitte ließ eine Stripperin in knappen Dessous und Overknees ihre Hüften kreisen.

Pat oder Mark musste es irgendwie geschafft haben, sich der Bräutigang anzuschließen, denn auch Kai-Uwe, Großonkel Heiner und sie selbst saßen mit an dem runden Tisch. Vermutlich war es Pat gewesen, denn Mark sah nicht so aus, als fände er diese Entwicklung der Dinge besonders gut. Genau wie Kai-Uwe.

Großonkel Heiner dagegen schien die feuchtfröhliche Gesellschaft ausgesprochen gut zu gefallen. Gerade kniete sich die Stripperin vor ihn, und er steckte ihr unter den Anfeuerungsrufen der Bräutigang einen Geldschein in den Stringtanga. Kai-Uwe, der neben seinem Großonkel saß, schaute mit schmerzerfüllter Miene weg.

„Ich hoffe nicht, dass Mark auch auf solche Ideen kommt", sagte Elisa.

„Wie sollte er? Er weiß doch, dass du ihm zuschaust. Und jetzt los!" Ich duckte mich und zog meine Freundinnen in den hinteren Bereich des Clubs, wo laut dem Türsteher der VIP-Bereich lag. Falls die Männer uns entdeckten, würden Elisa und ich so tun, als hätte uns die Eifersucht hierhergetrieben. Aber natürlich war es viel besser, wenn wir es unbemerkt zu unserem Separee schafften, das irritierenderweise den wenig verheißungsvollen Namen König Ludwig trug.

Ich hatte einen richtigen Raum erwartet, tatsächlich aber war das König Ludwig kaum größer als eine Umkleidekabine. Elke, Elisa und ich schafften es kaum, unsere Jacken und Mäntel auszuziehen, so eng war es hier drin. Mit Schaudern fragte ich mich, was sich auf dem kleinen roten Samtsofa, das darin stand, schon alles abgespielt hatte, und ich nahm mir fest vor, mich auf gar keinen Fall zu setzen. Auch die Spiegel, die neben Gemälden des Bayernkönigs an den Wänden hingen, sorgten nicht unbedingt dafür, dass ich mich in der Kammer besonders wohlfühlte. Wenigstens stand ein Sektkühler samt Flasche auf dem winzigen goldverzierten Beistelltisch neben dem Sofa.

„Ich weiß nicht, wie es euch geht, Mädels, aber ich brauche erst mal einen ordentlichen Schluck." Elisa öffnete die Flasche mit einem Knall, und der Prosecco schäumte über den Rand. „Habt ihr gesehen, wie der

Typ mit der Brille uns nachgeschaut hat? Der denkt bestimmt, wir wollen uns hier miteinander vergnügen."

Das gefüllte Sektglas in einer Hand, schob ich mit der anderen den schwarzen Vorhang zur Seite und spähte durch den Spalt in Richtung Junggesellentisch. Von unserem Separee aus hatte man einen guten Blick darauf. Das Fernglas, das in meinem Hotelzimmer gelegen hatte, damit die Gäste die reiche Vogelwelt rund um den Alpsee beobachten konnten, hätte ich gar nicht einstecken müssen. Ich sah auch ohne das Fernglas, dass dem Schein, den Großonkel Heiner der Stripperin gerade in den Slip gesteckt hatte, inzwischen weitere gefolgt waren. Offenbar als Preis für ihren BH, den jetzt der dicke Bräutigam trug. Beide standen nun auf dem Tisch, wo die Stripperin ihm Schlagsahne auf den Bauch spritzte, der weit über seinen Hosenbund hing. Als sie sie genüsslich abschleckte, verzog ich angewidert das Gesicht. Auch Kai-Uwe sah so aus, als ob er sich gleich übergeben müsse. Mark gähnte.

„Ist so etwas auch in dem Arrangement inbegriffen, das du für deinen Verlobten gebucht hast?" Elke spähte über meine Schulter.

„Ich hoffe nicht!" Allein bei dem Gedanken wurde mir übel. Die Managerin hatte bei unserem Telefonat von einer Überraschung gesprochen. Wieso hatte ich mich nicht erkundigt, worum genau es sich dabei handelte?

Hoffentlich ging es bald los! Lange würde ich diese Anspannung nicht aushalten. Ich kippte meinen Prosecco in einem Zug hinunter.

Endlich war die Stripperin fertig und ließ sich von Pat vom Tisch helfen. Dabei flüsterte er ihr etwas ins Ohr, und sie warf ihre langen Haare zurück und kicherte.

„Charmant ist er ja schon, dieser Pat!", sagte Elke mit einem kleinen Seufzer.

Ich schnaubte. Charmant? Eher lüstern! Deborah würde ein ausgesprochen leichtes Spiel mit ihm haben. Schnell leerte ich mein Glas Prosecco und schenkte mir ein weiteres ein.

Die Stripperin verließ kurz den Tisch, um gleich darauf mit einem Tablett zurückzukehren, auf dem eine Flasche Wodka, Red Bull und mehrere Gläser standen. Pats Bestellung wurde von der Bräutigang begeistert aufgenommen. Kai-Uwe jedoch schüttelte vehement den Kopf, als Pat ein Glas vor ihn stellte. Ich wusste, dass er den süßen, nach Kaugummi schmeckenden Energydrink hasste. Wenn er freiwillig Alkohol trank, dann nur sehr teuren und sehr trockenen Rot- oder Weißwein. Ich vermutete, dass er dies gerade auch seinem Trauzeugen erklärte, doch Pat füllte sein Glas ungerührt randvoll mit Wodka. Immerhin ließ er den Red Bull weg.

Angewidert nippte Kai-Uwe an seinem Getränk, während alle anderen den Inhalt ihrer Gläser beherzt auf Ex hinunterkippten. Er tat mir wirklich aufrichtig leid!

Auf einmal wurde die Beleuchtung im Club noch schummriger. Nur ein heller Lichtkegel schwenkte zu einem Bereich des Clubs, den ich von unserem Separee gar nicht sehen konnte. Der Song, der gerade lief – „Love to love you Baby" von Donna Summer –, wurde ausgeblendet, und ich hörte Christina Aguilera hauchen: „Come here big boy!" Die rauchigen Töne eines Saxophons, begleitet von Drums, erklangen.

Anscheinend ging es los! Die Bräutigang geriet ganz aus dem Häuschen, die Männer pfiffen laut und machten eindeutig zweideutige Gesten in Richtung des Bräutigams. Die Stripperin musste also schon zu sehen sein. Ich hatte mit der Managerin vereinbart, dass sie sich als Polizistin verkleidete, damit die Handschellen zu ihrem Outfit passten. Doch statt der schwarzhaarigen Deborah in einer sexy Polizeikluft tauchten jetzt zwei Stripperinnen auf, die eine dreistöckige Papptorte hereinschoben, an deren Seiten riesige funkensprühende Wunderkerzen befestigt waren.

Mir schwante Schlimmes. War das die Überraschung, von der die Managerin des Clubs gesprochen hatte? Meine Finger krampften sich um den schlanken Stiel meines Sektglases.

Das weiße, funkensprühende Pappding passierte gerade den Bräutigam mit dem Haarreif, und die Bräutigang reagierte darauf mit lauten Buhrufen. Kai-Uwe dagegen, der nun bemerkte, dass die rollende Riesentorte im Scheinwerferkegel unaufhaltsam auf ihn zusteuerte, starrte ungläubig vor sich hin, während Pat so aussah, als würde er sich gleich vor Lachen in die Hose machen.

Alles in mir verkrampfte sich. Kai-Uwe würde mich umbringen, sollte jemals herauskommen, dass ich es war, die diese peinliche Show für ihn arrangiert hatte!

Alle Köpfe im Club, sogar der der Barfrau, drehten sich in seine Richtung.

Die Stripperinnen hielten die Torte direkt vor meinem zusammengesackten Verlobten an. „Ah, mm, yeah!", stöhnte Christina Aguilera, an der Oberseite der Torte öffnete sich ein Deckel, und Deborah sprang heraus. Schwungvoll breitete sie die Arme aus. Dabei übersah sie jedoch Großonkel Heiner, der direkt neben der Torte saß, und traf ihn mit Wucht an der Schläfe. Der alte Herr sackte zusammen und ging zu Boden.

14. Kapitel

„Dios mio!", schrie Deborah.

„Oh Gott!", schrie ich.

Dann brach der Tumult aus. Von überallher wuselten leicht bekleidete Mädchen heran. Pats roter und Marks schwarzer Haarschopf verschwanden, als sie sich niederknieten, um nach Großonkel Heiner zu schauen. Kai-Uwe fauchte Deborah an, die daraufhin gleich noch viel lauter zurückschrie. Der laszive Gesang von Christina Aguilera verstummte, und die ältere Frau hinter der Bar, von der ich vermutete, dass es die Managerin des Clubs war, drängte sich resolut mit einem Erste-Hilfe-Koffer durch die Menschenmenge, die sich um den am Boden liegenden Großonkel Heiner geschart hatte.

Ich schlug die Hände vor den Mund.

„Bestimmt ist ihm nicht viel passiert", tröstete mich Elke. „Diese Kriegsgeneration ist zäh."

„Niedergeschlagen zu werden ist das Gegenteil von nichts passiert!" Ohne daran zu denken, was sich schon alles auf dem Samtsofa abgespielt haben mochte, ließ ich mich darauf sinken und bemühte mich, ruhig zu atmen. Vielleicht konnte ich meinen drohenden Nervenzusammenbruch dadurch noch abwehren.

Als ich mich wieder dazu in der Lage sah, durch einen Spalt des Vorhangs zu schauen, sah ich Großonkel Heiner, der sich ein weißes Tuch an den Hinterkopf hielt. Er wurde von Pat gestützt. Anscheinend wollte er ihn nach draußen bringen, doch Kai-Uwe schob ihn rüde zur Seite und legte selbst seinen Arm um die Taille seines Großonkels. Langsam bewegten sich die beiden in Richtung Ausgang. Die schluchzende Deborah wurde von der Barfrau ebenfalls weggeführt.

„Kai-Uwe bringt den Großonkel in die Notaufnahme", informierte mich Elisa, die mit dem Handy in der Hand am Vorhang stand. „Mark meint, dass es nichts Schlimmes ist, nur eine Platzwunde – und vielleicht eine Gehirnerschütterung."

Eine Gehirnerschütterung! Ich verbarg mein Gesicht in meinen Händen. „Was für ein Schlamassel! Mein ganzer schöner Plan wurde von einem einzigen Handkantenschlag zerstört, und dabei ist auch noch ein netter älterer Herr verletzt worden. Wusstet ihr, dass er gestern erst aus dem Krankenhaus gekommen ist? Jetzt muss er schon wieder hin! Und wer ist daran schuld?"

Ich, wollte ich meine rhetorische Frage gerade selbst beantworten, doch da rief Elke schon: „Pat natürlich!"

Hm. So hatte ich das Ganze noch gar nicht betrachtet, aber … Elke hatte recht! Ich hätte doch niemals eine Stripperin für Kai-Uwe engagiert, wenn vor zwei Tagen nicht dieser rothaarige Kerl aufgetaucht wäre. Seitdem ging alles schief, und heute hatte der Familienfluch wieder jemanden getroffen: Großonkel Heiner – auch wenn der genau genommen erst ab morgen zu meiner Familie gehören würde. „Was können wir nur machen, damit Pat nicht noch mehr Unheil anrichtet?", jammerte ich. „Die Stripperin wird jetzt wohl kaum dazu in der Lage sein, Pat in Handschellen zu legen."

„Vermutlich nicht", antwortete Elke ernst. „Aber ich bin es. Ich hatte es dir ja schon einmal angeboten. Leider wolltest du davon nichts wissen."

Ja, weil die Erfolgsaussichten sich auf null beliefen. Die Vorstellung, dass es Elke gelang, Pat zu verführen, war absurd. Aber das konnte ich ihr einfach nicht so sagen.

„Das ist ganz lieb von dir, aber ich denke, ich nehme die Sache jetzt selbst in die Hand."

„Du willst Pat verführen?", fragte Elisa ungläubig.

Nein, das wollte ich natürlich nicht. Aber ich würde mich auch nicht darauf verlassen, dass der Plan B mit der Enthaarungscreme funktionierte. Ob er sich die Haare wusch, hatte ich schließlich überhaupt nicht in der Hand.

Ich schaute zu dem Tisch, an dem immer noch Mark, Pat und die Bräutigang saßen. Pat hatte seine Geldbörse auf den Tisch gelegt und winkte eine Bedienung heran. Anscheinend wollte er zahlen. Nachdenklich betrachtete ich den Tisch, auf dem immer noch die halb volle Wodkaflasche stand. In mir reifte eine Idee heran. „Ich übernehme den Teil mit den Handschellen."

Elke und Elisa wechselten einen schnellen Blick. Jetzt ist sie endgültig durchgedreht, sagte er.

„Und wie willst du ihm die anlegen, wenn du das Ganze nicht als neckisches Sexspielchen tarnen willst?", fragte Elisa. „Ich kann mir nicht vorstellen, dass Pat sie freiwillig anzieht. Außerdem würde es einen ausgesprochen seltsamen Eindruck machen, wenn er morgen beim Frühstück erzählt, dass du sie ihm angelegt hast –

und dich darüber hinaus auch noch weigerst, den Schlüssel herauszurücken."

„Ach!" Ich zuckte mit den Schultern. „Eine so abwegige Geschichte nimmt ihm doch keiner ab!"

„Genau, diese Geschichte ist total abwegig. Merkst du was? Du verrennst dich, meine Liebe."

„Elisa!" Es fiel mir schwer, Ruhe zu bewahren. Die Zeit drängte. Gleich würde Pat bezahlen, und dann war er weg. „Schreib jetzt sofort an Mark! Er muss Pat unbedingt überreden, zu bleiben. Schließlich ist ja noch eine Menge zu trinken da. Die Flasche Wodka ist fast noch voll."

„Du willst, dass Mark ihn betrunken macht?" Elisa, die sich wohl schon mit Mark in ihrem warmen, kuscheligen Hotelbett gesehen hatte, wirkte alles andere als erfreut.

Ich nickte. „Ganz genau. Dann ist die Sache mit den Handschellen ein Klacks."

Sie schien nicht überzeugt, aber bevor sie protestieren konnte, setzte ich nach: „Bitte! Lass es uns versuchen! Du hast auch was gut bei mir."

„Das hoffe ich", knurrte Elisa. „Schließlich muss ich deinetwegen Anfang Januar mit Mark auf eine Energiemesse. Er hat sich nur auf das Ganze eingelassen, weil ich ihm das versprochen habe." Sie verzog das Gesicht. „Den ganzen Tag … Ich kann mir nichts Langweiligeres vorstellen."

Wie erwartet fand meine Idee bei Mark wenig Anklang, aber irgendwann knickte er ein. Pat zum Bleiben zu überreden war dagegen nicht schwer. Als Elisa, Elke und ich das Separee verließen, prostete er dem dicken Bräutigam gerade mit einem Glas Wodka Bull zu.

Ich bat Elisa und Elke, vor der Tür auf mich zu warten und huschte mit tief in die Stirn gezogener Mütze zur Bar. Inzwischen war sie von einer Stripperin besetzt, die ein äußerst freizügiges Weihnachtsfraukostüm aus rotem Samt trug. Ich winkte sie heran.

„Kann ich meine Handschellen haben?", zischte ich.

„Was?" Sie legte eine Hand ans Ohr und beugte sich weiter zu mir vor. Anscheinend war sie der Ansicht, mich falsch verstanden zu haben.

„Meine Handschellen. Ich habe sie einer Kollegin von Ihnen geliehen. Die gerade aus Versehen den netten älteren Herrn k. o. geschlagen hat. Deborah heißt sie."

Sie sah mich immer noch verständnislos an.

„Bitte! Gehen Sie einfach zu Deborah und holen Sie die Handschellen! Oder fragen Sie Ihre Chefin! Sie weiß auch Bescheid", flehte ich. Ich stand hier an der Theke wie auf dem Präsentierteller, und jeden Moment konnte Pat sich umdrehen und mich entdecken. Gerade jedoch war er damit beschäftigt, mit der blonden Stripperin zu turteln, die er eben schon angebaggert hatte. Sie hatte sich zwischen Mark und ihn gequetscht und saß fast bei ihm auf dem Schoß. Ich presste meine Lippen zusammen. Die hätte ich engagieren sollen. Sie schien sehr zielgerichtet zu sein, und bestimmt hätte sie Großonkel Heiner nicht ausgeknockt.

Statt der Nikolausfrau erschien die Barfrau bei mir. An ihrer Stimme erkannte ich, dass es sich bei ihr tatsächlich um die Managerin des *Bad Angels* handelte.

Wortreich entschuldigte sie sich bei mir für das, was passiert war – und dafür, dass Deborah schon nach Hause gegangen war. Mit meinen Handschellen … „Das arme Ding war mit den Nerven vollkommen am Ende", sagte sie in vertraulichem Tonfall.

Pft! Mit meinem Mitleid konnte Deborah nicht rechnen.

Die Managerin schob mir über den Tresen ein paar Handschellen zu. „Ich habe dir aber Ersatz mitgebracht." Wie Pat und die Taxifahrerin hielt sie nichts davon, andere Menschen zu siezen.

„Sind die auch stabil?" So sahen sie nämlich nicht aus. Sie waren mit rosa Plüsch umwickelt.

Die Frau nickte. „Die stabilsten, die wir haben."

Richtig ernst genommen fühlte ich mich von ihr nicht. Als ich mich kurz vor dem Ausgang noch einmal umdrehte, sah ich, wie sie mit der Nikolausfrau flüsterte und sich dabei zweimal mit dem Zeigefinger an die Stirn tippte. Bestimmt erzählte sie ihr gerade, dass ich total plemplem sei. Ich konnte es ihr nicht verdenken.

Elisa und ich beschlossen, unten in der Lobby auf Pats und Marks Rückkehr zu warten. Elke hatte sich schon verabschiedet. Angeblich war sie müde, aber mir schien eher, dass sie beleidigt war, weil ich ihr Angebot, Pat zu verführen, nun schon zum zweiten Mal abgelehnt hatte. Auf der Fahrt hatte sie kaum ein Wort gesprochen.

In der Bar des Hotels setzte man auf gediegene Gemütlichkeit. Erschöpft ließ ich mich in einen schweren, ein wenig abgewetzten Ledersessel fallen, der wunderbar in einen englischen Landsitz gepasst hätte. Genau wie die Jagdgemälde an den Wänden und die ausgestopften Tiere. Auf Empfehlung des Barkeepers bestellten Elisa und ich einen Cocktail namens Christmas Carol, der nach Zimt schmeckte und mit einer rot-weiß geringelten Zuckerstange serviert wurde. Die nicht unbeträchtliche Menge Alkohol, die darin enthalten war, wärmte meinen Magen und sorgte – zusammen mit dem Prosecco, den ich im Club getrunken hatte – dafür, dass ich mich ein wenig schwummerig fühlte. Vielleicht war es aber auch nur die Aufregung. Ich konnte mich nicht daran erinnern, wann ich das letzte Mal so nervös gewesen war.

Ich kippte den Drink hinunter und hob die Hand, um den Barkeeper auf mich aufmerksam zu machen. „Können Sie mir noch einen Christmas Carol bringen? – Möchtest du auch einen?"

Elisa lehnte ab, und mein Blick verlor sich in den Schneeflocken, die vor dem Fenster im Licht der Hotelbeleuchtung auf und ab tanzten. Elisa und ich hatten eine Sitzgruppe direkt am Fenster gewählt, damit wir die Straße im Auge behalten und gegebenenfalls in Deckung gehen konnten, falls Kai-Uwe und Großonkel Heiner vor Mark und Pat hier auftauchten. Die beiden konnte ich bei meiner Mission wirklich nicht gebrauchen!

Hoffentlich hatte Mark Erfolg! Im Idealfall war Pat so betrunken, dass er gar nicht mitbekam, dass ich ihn auf sein Zimmer brachte und ihm Handschellen anlegte.

„Glaubst du wirklich, dass die Hochzeit das alles wert ist?", drang plötzlich Elisas Stimme in meine Gedanken.

„Wie meinst du das?"

„Ich habe nicht den Eindruck, dass es dir gut geht. Und das nicht erst, seit Pat aufgetaucht ist. Du hast schon vorher immer wieder die Nerven verloren, weil du dir ständig ausgemalt hast, was alles schiefgehen könnte."

„Ich habe überhaupt nicht die Nerven verloren. Außerdem ist so ein Fest ein unheimlich einschneidendes Ereignis im Leben. Da ist es ganz normal, dass man nervös ist."

„So nervös, dass man seine Freundinnen bittet, eine schwarze Katze oder ihren Hausarzt mit auf die Hochzeit zu nehmen?"

„Das war doch nicht ernst gemeint!" Na ja, ein bisschen vielleicht schon. Einen Versuch war es auf jeden Fall wert gewesen. Ich war froh, dass der Barkeeper meinen Cocktail brachte und ich diese Unterbrechung nutzen konnte, um das Thema zu wechseln. „Hat Mark sich schon gemeldet?"

„Nein, meine letzten beiden Nachrichten hat er noch gar nicht gelesen."

„Ach! Wahrscheinlich hat er alle Hände voll damit zu tun, Pat zum Trinken zu animieren." Das konnte ich mir zwar nicht vorstellen – Pat machte bestimmt äußerst bereitwillig mit –, aber ich hatte das Gefühl, Elisa beruhigen zu müssen. Sie schien sich wirklich Sorgen zu machen.

Eine halbe Stunde später hatte Mark immer noch nichts von sich hören lassen. Mittlerweile war Elisa so fix und fertig mit den Nerven, dass sie bei meiner nächsten Bestellung ebenfalls einen Cocktail verlangte. Und sie beruhigte sich auch nicht, als ich zu bedenken gab, dass Mark in Pats Gegenwart doch unmöglich ständig auf seinem Handy herumtippen konnte. Wahrscheinlich sah sie ihren Freund schon mit nacktem Oberkörper auf dem Sofa im Prinz Ludwig sitzen, eine Stripperin im sündigen Engelskostüm auf dem Schoß.

Der Barkeeper war noch nicht wieder hinter der Theke verschwunden, als draußen ein Taxi vorfuhr.

„Das wurde auch Zeit!", stieß Elisa hervor, und mein Herz klopfte plötzlich heftig vor Aufregung. Einen schwachen Augenblick lang wünschte ich mir, dass es Kai-Uwe und Großonkel Heiner waren, die in dem Auto saßen, doch ich hatte Pech – oder Glück, je nachdem, wie man die Sache betrachtete.

Durch zwei der üppigen Weihnachtssterne hindurch, die als Dekoration auf dem Fensterbrett standen, sah ich, dass zwei große und breitschultrige Männer aus dem Taxi stiegen. Die dichten Flocken erschwerten mir die Sicht, aber ich konnte erkennen, dass einer von beiden torkelte. Wie eine Fichte im Schneesturm schwankte er hin und her. Hätte der andere nicht kurz vor dem Eingangsportal beherzt zugegriffen, wäre er sogar gestürzt. Endlich hatte mal etwas geklappt!

„Sollen wir hier drin warten, oder gehen wir ihnen entgegen?", raunte ich Elisa zu. Doch meine Freundin reagierte nicht, sondern starrte nur zur Eingangstür, das

Gesicht zur Maske erstarrt. Erst als die beiden durch die Schwungtür kamen, wurde mir klar, warum. Ich schnappte nach Luft. Denn der Mann, der wie ein nasser Waschlappen über der Schulter des anderen hing, war nicht Pat, sondern Mark.

15. Kapitel

Als Mark Elisa bemerkte, wurde sein Gesichtsausdruck ganz verzückt.

„Das ist meine Frau!", lallte er. „Ist sie nicht wuuunderhübsch? Die allerschönste." Er befreite sich aus Pats Griff und wankte auf uns zu.

Pat folgte ihm. „Es tut mir wirklich leid", sagte er zu Elisa, die Mark mit angeekeltem Gesicht in Empfang nahm. „Wir sind in einen zweiten Junggesellenabschied geraten und der Abend … ist etwas eskaliert."

„Das ist schwer zu übersehen." Sie feuerte wütende Blicke auf Pat ab und versuchte gleichzeitig, Marks Küsse abzuwehren. „Du riechst wie eine ganze Schnapsbrennerei!" Sie legte seinen Arm um ihre Schultern und hielt ihn an der Hüfte fest. „Ich bringe dich besser nach oben."

„Brauchst du Hilfe?", fragte Pat.

„Nicht von dir." Elisa war stinksauer.

Pat schaute den beiden nach, wie sie in Schlangenlinien in Richtung Aufzug verschwanden, wobei Mark Elisa die ganze Zeit versicherte, wie wunderschön sie doch sei. „Der hat ganz schön gebechert."

„Du nicht?" Ich stand immer noch unter Schock.

„Sagen wir mal so: Ich treffe beim Beer-Pong besser."

Der Barkeeper näherte sich mit unseren Christmas Carols. „Oh, die Dame ist schon weg?"

„Ja, ihrem Freund geht es nicht gut."

„Kein Problem. Ich nehme den Cocktail!" Pat schnappte sich das Glas und trank einen Schluck. „Ganz schön süß!" Er verzog das Gesicht.

Vermutlich war spätestens jetzt der Zeitpunkt gekommen, mich als treusorgende angehende Ehefrau nach dem Verbleib meines Verlobten und seines Patenonkels zu erkundigen. Ich tat es.

„Sind sie denn noch nicht da?"

Ich schüttelte den Kopf.

„Dann sind sie wohl immer noch in der Notaufnahme!", sagte Pat und sah tatsächlich ein bisschen betreten aus. „Keine Sorge, Kai-Uwe ist nichts passiert, aber der alte Herr … eine Stripperin ist aus einer Papptorte gesprungen und hat ihn dabei aus Versehen umgeworfen!"

„Oh!", machte ich nur, obwohl ich genau wusste, dass ich jetzt entweder tausend Fragen stellen oder die Glaubwürdigkeit dieser total irrwitzigen Geschichte anzweifeln musste, aber meine Gedanken spielten immer noch Flipper.

„Habt ihr hier auf uns gewartet?"

„Ja. Ähm … nein. Elisa hat auf Mark gewartet. Ich bin nur runtergegangen, weil ich nicht einschlafen konnte."

„Aufgeregt, was?"

Ich nickte und stocherte mit der Zuckerstange in meinem Cocktail herum, während ich überlegte, was um Himmels willen ich denn jetzt tun sollte. Großonkel Heiner k. o. geschlagen, Mark total betrunken … Das alles war ein einziger Albtraum!

„Das wäre ich an deiner Stelle auch. Bis dass der Tod uns scheidet ..." Er nahm die Zuckerstange aus seinem Glas und biss sie mit einem lauten Krachen durch.

Ts! „Wenn man den richtigen Menschen gefunden hat, ist das keine besonders Furcht einflößende Vorstellung", gab ich zurück.

„Da hast du recht", sagte Pat ohne den üblichen Spott.

Verwundert schaute ich ihn an. So wirkte er ja richtiggehend menschlich. Vielleicht würde ich mich weniger bedroht von ihm fühlen, wenn ich mehr über ihn wüsste. Im Moment waren meine einzigen Informationen, dass er in Edinburgh wohnte, eine Hündin und eine Schwester hatte und dass er bald auf Weltreise gehen wollte. Und dass er sich ständig über Kai-Uwe lustig machte.

Vielleicht entdeckte ich bei einem Gespräch eine weitere Schwachstelle an ihm. Eine, die mir half, ihn endgültig loszuwerden. Oder ich ließ beiläufig einfließen, dass seine Haare nach dem Besuch im Stripclub ein bisschen fettig aussahen.

Ich setzte ein Lächeln auf, das hoffentlich genauso süß wie die Zuckerstange in meinem Cocktail war, und fragte: „Hast du einen solchen Menschen denn schon gefunden?"

„Nein." Pat lächelte charmant. „Aber ich gebe die Hoffnung nicht auf, dass er mir noch über den Weg läuft."

„Vielleicht in Neuseeland."

„Wieso ausgerechnet dort?"

„Das ist die erste Station auf deiner Weltreise", half ich ihm auf die Sprünge.

„Ach so. Ja, klar. Aber so weit im Voraus denke ich noch nicht."

„Weit im Voraus? Es geht doch direkt nach der Hochzeit los." Ganz nüchtern war Pat offenbar nicht mehr. Ich auch nicht. Trotzdem sagte ich nicht Nein, als er mich fragte, ob er mir noch einen Cocktail bestellen dürfe.

Bald wusste ich, dass seine Schwester Patricia hieß, dass er das selbst ganz schön schräg fand und dass er in Edinburgh als Buchhalter arbeitete.

„Wieso ist deine Familie nicht auch bereits heute Abend angereist?" Er stützte seine Wange in die Handfläche.

„Meine Großeltern sind schon da. Sie wollten lieber auf dem Zimmer essen." Jetzt wäre eine hervorragende Gelegenheit, ihm von Omas Angst vor Männern mit roten Haaren und Vollbart zu erzählen. Aber wahrscheinlich wäre das sowieso vollkommen umsonst gewesen, denn ich konnte mir nicht vorstellen, dass er sich deswegen freiwillig morgen früh seine Haarpracht färben ließ. Wahrscheinlich hätte ich mit einem solchen Geständnis nur sein Misstrauen erregt.

„Und was ist mit deinen Eltern?", erkundigte er sich.

Ich schluckte. „Hat Kai-Uwe dir das gar nicht erzählt?"

Pat schüttelte den Kopf.

„Sie sind tot. Ein Autounfall. – Aber das ist schon acht Jahre her", setzte ich nach, denn Pats Gesicht hatte einen ausgesprochen mitfühlenden Ausdruck angenommen.

„Mein Vater ist vor zehn Jahren gestorben. Er fehlt mir immer noch jeden einzelnen Tag." Seine Stimme war leiser geworden.

„War es auch ein Unfall?", fragte ich, überrascht über seine Offenheit.

„Nein. Er hatte Creutzfeldt-Jakob. Das ist eine Art Demenz. Aber sehr schnell fortschreitend. Jährlich erkranken in Deutschland nur etwa fünfzig Menschen daran. Mein Vater war dabei. Jackpot, würde ich sagen."

„Das tut mir leid." Spontan legte ich ihm die Hand auf den Arm, zog sie aber sofort wieder weg, als ich mir dieser Geste bewusst wurde.

Pat zuckte mit den Schultern. „Auf diese Weise habe ich früh gelernt, dass ich gut daran tue, das Leben zu schätzen und jeden Tag so gut wie möglich auszukosten. Ich gehe keine Kompromisse mehr ein. Ein Vielleicht gibt es für mich seitdem nicht mehr."

Genauso wirkte er auf mich. Auch wenn ich mir nicht ganz vorstellen konnte, wie der Beruf des Buchhalters zu dieser Lebensphilosophie passte. Trotzdem wünschte ich, ich hätte die gleiche Einstellung.

„Ich habe durch den Unfall meiner Eltern leider nur gelernt, Angst vor dem nächsten Schicksalsschlag zu haben. Auf Nummer sicher zu gehen und so."

„Das muss ja nicht so bleiben. Jeder Tag ist ein neuer Anfang."

„Du kannst ja richtig philosophisch sein."

„Nur, wenn ich zu viel getrunken habe." Er winkte dem Barkeeper zu. „Möchtest du noch was?"

„Dieses Mal aber etwas weniger Süßes." Meine Zähne klebten inzwischen richtiggehend aufeinander, und ich fühlte mich, als hätte ich eine ganze Dose Zimt gegessen.

„Wieso hast du dann einen zweiten getrunken?"

„Es war sogar der vierte", gab ich zu. „Ich hatte wohl vorweihnachtlichen Nachholbedarf. Wegen der Hochzeit kam ich bisher gar nicht dazu, die Adventszeit zu zelebrieren. Noch nicht mal auf dem Weihnachtsmarkt war ich, sondern bin auf dem Weg zum Buchladen immer nur daran vorbeigeflitzt. Dabei gibt es da diesen leckeren Marzipanstand, dem ich sonst überhaupt nicht widerstehen kann. Marzipan finde ich nämlich sogar noch köstlicher als Raffaello." Ich fing schon wieder an zu plappern. Dieser neue ernste Pat machte mich viel nervöser als der alte spöttische.

„Na, ein bisschen Zeit hast du ja noch. Heiligabend ist ja erst in zehn Tagen." Pat nahm die Cocktailkarte von der Bar und warf einen Blick hinein. „Ich empfehle dir den Iden Bristol Old Fashioned 5. Das ist ein Drink auf Whiskey-Basis, aber mit einem Hauch von Karamell. Er wird dir schmecken."

Pat hatte nicht zu viel versprochen. Der Cocktail war herb und süß zugleich. Während ich ihn trank, erkundigte er sich nach meiner Arbeit in dem Kinder- und Jugendbuchverlag und fragte mich nach den Büchern, die ich gerne las. Die Liebesromane, von denen ich einige sogar mehrmals gelesen hatte, zählte ich nicht auf, aber ein paar meiner Lieblings-Krimis kannte er sogar. Er erzählte mir, dass er eine Zeit lang als Barkeeper gejobbt hatte, dass das aber nicht sein einziger Nebenjob gewesen war. Er hatte außerdem noch als Joghurttester, als Erdbeerpflücker, als Golfballtaucher und als professioneller Erschrecker gearbeitet, und er hatte eine Menge lustiger Anekdoten darüber auf Lager.

„Wo hast du Kai-Uwe eigentlich kennengelernt? Bestimmt nicht in einer Geisterbahn."

„Hat er dir das denn nicht erzählt?" Hatte Pat gerade noch so locker geplaudert, wirkte er nun distanziert.

„Nein, sonst würde ich doch nicht fragen."

„Es … äh … Wir …", druckst er herum.

„Kannst du dich nicht mehr daran erinnern?" Ich runzelte die Stirn.

„Doch. Doch, doch. Es ist nur schon so lange her. War es auf der Party meines Mitbewohners oder – Ah, jetzt weiß ich es wieder!" Pats Gesichtsausdruck erhellte sich. „Es war bei einem Seminar an der Uni. Über Wirtschaft. Wir saßen nebeneinander. Wir haben gleich gemerkt, dass wir auf einer Wellenlänge sind."

„Echt? Ich finde, ihr seid total verschieden."

„Na ja, du weißt ja: Gegensätze ziehen sich an. Noch einen Bristol Old Fashion?"

Ich nickte. Mir wurde richtiggehend schwindelig, als ich zusah, wie der Barkeeper, von dem ich inzwischen wusste, dass er Maxim hieß und aus der Schweiz kam, hinter der Bar mit den einzelnen Flaschen hantierte. Nach diesem Cocktail musste wirklich Schluss sein. Schade eigentlich!

„Dieser Bristoldings schmeckt wirklich hervorragend. Ich sollte meiner Hochzeitsplanerin sagen, dass wir ihn und den Christmas Carol auf die Cocktailkarte setzen. Vielleicht stehen sie aber auch schon drauf." Simone hatte mir die Karte am Nachmittag zwar gezeigt, aber ich konnte mich nicht mehr an die Einzelheiten erinnern. „Ich gehe mal nachschauen. Die Cocktailkarten liegen im Festsaal." Ich stand auf und kam dabei ins Schwanken. Oha!

„Ich komme mit. Damit du mir nicht verloren gehst …" Pat packte mich am Ellbogen.

„Danke, es geht schon." Ich trat einen Schritt zur Seite. Wo seine warmen Finger eben fest meinen Arm umfasst hatten, kribbelte meine Haut. Ein Gefühl, das sich schnell in meinem ganzen Körper ausbreitete. Auf gar keinen Fall durfte ich noch etwas trinken.

Der Festsaal war nicht abgeschlossen. Ich machte das Licht an und war im ersten Moment richtiggehend geblendet von all der weiß glitzernden Pracht vor mir.

Auch Pat schien beeindruckt. „Deine Hochzeitsplanerin versteht was von ihrer Arbeit." Auch seine Aussprache war inzwischen etwas undeutlich geworden.

Ich nickte. Morgen Abend, wenn alle Kerzen brannten, würde es sogar noch spektakulärer aussehen. Aber wie auch schon heute Nachmittag machte sich beim Anblick der runden Tische plötzlich Traurigkeit in mir breit. Mama und Papa fehlten mir mehr denn je. Sie hätten morgen mit mir zusammen an einem dieser Tische sitzen sollen.

„Es ist so schade, dass meine Eltern nicht dabei sein können", sagte ich, und es gelang mir nicht, meine Tränen zu unterdrücken.

„Sie sind dabei", sagte Pat nur.

„Glaubst du das wirklich?", schniefte ich und schaute zu ihm auf.

Pat lächelte mich an. „Ich glaube das nicht nur, ich weiß es." Mit dem Daumen wischte er die Tränen von meinen Wangen fort. Die zarte Berührung brachte mich endgültig aus der Fassung. Kleine Stromstöße zuckten durch meinen Körper, und meine Knie fühlten sich so nachgiebig an, als wären sie aus Zuckerwatte. Noch immer schauten wir uns an, und auch wenn mir vollkommen klar war, dass ich mich aus meiner Erstarrung schnellstmöglich lösen sollte, war ich unfähig, es zu tun. Auch Pat bewegte sich nicht. Ich konnte kaum atmen. Er stand so unglaublich nah vor mir, seine Fingerspitzen lagen immer noch auf meiner Wange, und sein Mund hatte eine geradezu magnetische Wirkung auf mich. Millimeter für Millimeter wurde ich von ihm angezogen. Als meine Lippen endlich seine berührten, entfuhr mir ein Seufzen. Wie weich sie waren! Und ein klein wenig schmeckten sie nach Marzipan.

„Verzeihung!", sagte eine Stimme.

Reflexartig schob ich Pat von mir weg.

Der Nachtportier stand vor uns, ein gut aussehender Afrikaner mit grau melierten Locken. „Ich dachte, es hätte jemand vergessen, das Licht auszumachen."

„Nein, nein", stammelte ich, und mein Kopf fühlte sich an, als würde er jeden Moment explodieren. „Ich …

ich wollte mir nur noch einmal die Tischdekoration anschauen."

„Natürlich." Seine weißen Zähne leuchteten hell in seinem dunklen Gesicht, als er Pat und mich anstrahlte. „Ich wünsche Ihnen beiden einen wunderschönen Tag morgen. Genießen Sie jede Sekunde. Mein eigener Hochzeitstag ging viel zu schnell vorbei."

Ich schluckte. Der Mann dachte, dass ich Pat heiraten würde. Kein Wunder! Erst jetzt wurde mir die Tragweite dessen, was ich gerade getan hatte, so richtig bewusst. Ich hatte Pat geküsst. Oh Gott! Mein Herz setzte einen Taktschlag aus, um gleich darauf noch viel wilder in meiner Brust herumzutoben. Fühlte man sich so, wenn man gleich einen Infarkt bekam?

„Ich gehe jetzt auf mein Zimmer", sagte Pat, nachdem der Portier verschwunden war. „Es ist inzwischen wirklich spät. Kommst du mit? Also nicht auf mein Zimmer. Nur nach oben." Er sah mir bei diesen Worten nicht in die Augen.

„Nein", antwortete ich, da ich mich nicht dazu in der Lage sah, mit ihm zusammen in einen Aufzug zu steigen. „Ich … ich bleibe noch kurz hier unten."

Was hatte ich getan?

16. Kapitel

Verwirrt setzte ich mich mit meinem Cocktail vor das prasselnde Feuer im offenen Kamin. Ich versuchte, mich mit meinem Handy abzulenken. Von Kai-Uwe war keine Nachricht eingegangen. Da er nicht wissen konnte, dass ich von dem Unfall wusste, wollte er mich wohl nicht unnötig beunruhigen. Ob er immer noch mit Großonkel Heiner in der Notaufnahme saß? Oder war er inzwischen zurückgekommen? Vielleicht gerade in dem Moment, als ich mit Pat im Festsaal gestanden hatte. Vor lauter Schuldgefühlen war mir richtiggehend schlecht. Was war ich nur für eine Frau, dass ich den besten Freund meines Verlobten küsste – am Abend vor der Hochzeit! Den besten Freund meines Verlobten, der außerdem sein Trauzeuge war und den ich noch nicht einmal besonders gut leiden konnte. Nicht einmal mit dem vielen Alkohol, den ich getrunken hatte, konnte ich dies entschuldigen. Ich wollte mir gar nicht ausmalen, was passiert wäre, wenn Kai-Uwe uns gesehen hätte. Oder jemand aus seiner Familie.

Und doch spürte ich noch immer Pats Finger auf meiner Wange, den Abdruck seines Daumens, der langsam über meine Haut geglitten war. Ich sah sein Lächeln vor mir, als er mir versichert hatte, dass meine Eltern morgen dabei sein würden, den warmen Blick, mit dem er mich dabei ansah. Er hatte sicher nur nett sein wollen, und ich blöde, betrunkene Kuh hatte ihn geküsst! Auch wenn der Kuss nur zwei Sekunden gedauert hatte, war das unverzeihlich. Vor allem weil die Initiative eindeutig von mir ausgegangen war! Nie wieder konnte ich Pat unter die Augen treten.

Diese verdammten Cocktails … Elisa hatte recht. In gewisser Weise war die Hochzeit all das nicht wert. Vor Nervosität drehte ich vollkommen durch, und das schon seit Monaten. Sonst hätte ich doch niemals ein Ein-Cent-Stück bereitgelegt, damit ich es morgen in meinen Brautschuh stecken konnte. Wahrscheinlich würde ich mir furchtbare Blasen laufen. Und ich hätte Elke nicht darum gebeten, ihren Hausarzt auf die Hochzeit mitzubringen. Ich hätte garantiert auch nicht gleich befürchtet, dass Oma einen Herzinfarkt kriegen würde, wenn sie Pat sah. Gestern hatte sie bei seinem Anblick schließlich auch keinen bekommen. Morgen früh würde ich in aller Ruhe mit ihr über ihn reden und ihr sagen, dass es total absurd war, zu glauben, dass er Unheil über unsere Familie bringen würde, nur weil er rote Haare und einen Bart hatte.

Rote Haare! Meine Kehle zurrte sich zusammen, und für einen Moment bekam ich keine Luft mehr. Der Shampoo-Enthaarungscreme-Mix! Was hatte ich mir nur dabei gedacht? Kein Wunder, dass Elke solche Skrupel gehabt hatte, mir die Creme zu geben. So etwas konnte man ja schon als Körperverletzung bezeichnen. Vermutlich konnte man sogar dafür bestraft werden! Pat durfte das Shampoo auf gar keinen Fall benutzen. Ich musste die Flasche so schnell wie möglich an mich bringen. Leider gab es nur eine Möglichkeit, es zu bekommen: Ich musste es mir heimlich nehmen. Aber ich wusste schon wie.

„Zimmer 212", sagte ich zu dem netten Afrikaner an der Rezeption. „Mein Verlobter ist bereits vorgegangen", fügte ich unnötigerweise noch hinzu und ärgerte mich sofort darüber.

Nun war es gut, dass ich so viel getrunken hatte. Mit weniger Promille im Blut hätte ich mich das Ganze gar nicht getraut. Trotzdem hatte sich mein Puls merklich beschleunigt, als ich vor Pats Tür stand. Er hatte sie gar nicht abgeschlossen, stellte ich überrascht fest, als ich probehalber die Klinke nach unten drückte. Erfreulicherweise quietschte die Tür auch nicht, als ich auf Zehenspitzen eintrat, und der weiche Teppich verschluckte die Geräusche meiner Schritte. Meinen rasenden Herzschlag konnte zum Glück nur ich hören.

Wie auch in meinem eigenen Hotelzimmer lag das Badezimmer gleich rechts. Ich legte meine Fingerspitzen auf die Milchglastür und schob sie Millimeter für Millimeter zur Seite. Auch sie machte kein Geräusch. Das lief ja besser als erwartet! Wenn ich das Shampoo sofort fand, war ich in Nullkommanichts wieder draußen. Zum Glück war das Zimmer nicht komplett dunkel. Durch einen Spalt im Vorhang fiel Mondlicht herein. Ich schrak zusammen. Im Sessel vor dem Fenster saß jemand!

„Aaaaaaah!"

„Pst!", machte Pat und knipste die Stehlampe neben sich an. „Ich bin es doch nur."

Es war wirklich nett von ihm, mich darauf hinzuweisen. Und auch logisch. Schließlich befand ich mich in seinem Zimmer. Aber das machte es nicht besser. Im

Gegenteil! Am liebsten hätte ich nun noch viel lauter geschrien, und meine Hände zitterten so sehr, dass ich Butter mit ihnen schlagen könnte. Ich schob sie in die Taschen meiner Hose.

„Was machst du denn hier?" Inzwischen war Pat aufgestanden und kam zu mir herüber. Er hatte sich noch nicht fürs Schlafengehen fertig gemacht, trug dieselben Kleider wie zuvor. Und er hatte auch noch alle Haare.

„Ich … ich muss mich in der Tür geirrt haben. Ich wollte eigentlich zu Kai-Uwe. Sein Zimmer liegt ja gleich neben deinem." Das war doch glaubhaft, oder? Die Ausrede hatte ich mir auf dem Weg hierher zurechtgelegt, eine andere war mir beim besten Willen nicht eingefallen. Ob ich ihn auf den Kuss ansprechen sollte? Nein, am besten tat ich so, als ob er niemals stattgefunden hätte.

„Wolltet ihr nicht vor der Hochzeit getrennt schlafen? Weil du glaubst, dass es Unglück bringt, wenn man sich in der Nacht vor dem Hochzeitstag sieht?", fragte Pat und klang ziemlich verwirrt dabei.

„Ja, aber … ähm … die Sehnsucht hat mich dann doch zu ihm getrieben. Und die vielen Cocktails, die ich getrunken habe. Apropos, kann ich schnell mal deine Toilette benutzen?" Ich musste ihm beweisen, dass ich nicht hier war, um ihn zu verführen – und ich wollte so schnell wie möglich hier weg. Aber nicht ohne das Shampoo.

„Klar." Er schob die Milchglastür zur Seite und machte das Licht an.

Aufatmend verschwand ich im Bad und ließ mich auf die Toilette plumpsen. Das Shampoo sah ich sofort. Es stand auf der Ablage, neben einem kleinen Stapel Papiere voller handschriftlicher Notizen. Während ich es in meiner Handtasche verschwinden ließ, betrachtete ich sie genauer. Normalerweise hätte ich den Zetteln keine weitere Beachtung geschenkt, aber mein Name stand darauf! Seltsam! Ich nahm das erste Blatt in die Hand und schnappte nach Luft. Auf dem Zettel stand nicht nur, dass ich bei meinen Großeltern wohnte, sondern auch, dass ich im Kinderbuchverlag und in der Buchhandlung arbeitete. Außerdem war eine Liste von Dingen notiert, die ich mochte: Süßigkeiten aller Art, Tiere mit Fell, Länder, in denen es warm war – und eine mit Dingen, die ich verabscheute: Spinat, Menschen, die sich selbst zu ernst nahmen, Nacktschnecken … Auf den anderen Blättern fanden sich stichpunktartige Informationen über Kai-Uwe, seine Eltern, Großonkel Heiner, weitere Verwandte. Und auf der letzten Seite hatte Pat notiert, wie Kai-Uwe und er sich kennengelernt hatten.

Was zum Teufel …! Ohne auch nur eine Sekunde nachzudenken, stürmte ich hinaus.

„Was ist das?" Ich knallte die Zettel auf den Schreibtisch. „Wieso führst du Buch über mich und Kai-Uwes Familie?"

Pat, der gerade noch so unschlüssig im Zimmer herumgestanden hatte, klappte der Mund auf. Ich sah, wie er auf den Stapel Papiere schaute, dann auf mich. Er öffnete den Mund, als wolle er etwas sagen, dann schloss er ihn wieder.

„Jetzt steh hier nicht so dumm herum! Ich erwarte eine Erklärung von dir! Wieso hast du all diese Informationen gesammelt?" Ich stemmte die Arme in die Seiten. „Bist du ein Verbrecher?"

Pat starrte mich entgeistert an. „Nein!", sagte er und fing auf einmal an zu lachen. „Diese ganze Angelegenheit ist so lächerlich! Pass auf, Rosalie! Das Ganze wird dir nicht gefallen, aber ich erzähle dir jetzt alles. Möchtest du dich setzen?"

Damit ich nicht so leicht abhauen konnte, wenn Pat sich plötzlich auf mich stürzte, um mich zum Schweigen zu bringen? Bestimmt nicht. Ich schüttelte den Kopf und stellte mich zur Sicherheit noch ein Stück näher in Richtung Tür.

Pat zuckte die Achseln. „Gut, wie du meinst. Also: Ich bin kein Verbrecher. Aber ich bin auch kein Buchhalter. Ich bin Schauspieler. Kai-Uwe hat mich engagiert, damit ich seinen Trauzeugen spiele. Ich kann dir meinen Vertrag zeigen."

17. Kapitel

Nun musste ich mich doch setzen. Ich wankte zum Bett und ließ mich darauf sinken. Von dort aus starrte ich fassungslos zu Pat hoch. „Dann kanntest du Kai-Uwe vorher überhaupt nicht? Ihr habt euch nicht auf der Uni kennengelernt?"

„Genau."

„Aber warum hat er das getan? Wieso hat er nicht einfach irgendeinen seiner Freunde gefragt?"

Pat setzte sich neben mich. „Das weiß ich nicht, wir haben nie darüber gesprochen."

Mir wurde übel, und ich presste die Hand auf den Mund. „Bitte sei mir nicht böse, aber ich muss jetzt einen Moment allein sein."

„Das verstehe ich. Es gibt nur ein Problem."

„Und was?" Ich zog die Augenbrauen zusammen. Probleme hatte ich wahrlich schon genug.

„Das ist mein Zimmer. Wir können natürlich gerne kurz tauschen, wenn du willst."

„Ach so, ja, natürlich …" Ich stand auf und lief so schnell, wie meine wackligen Beine es erlaubten, hinaus.

Als die Tür hinter mir zugefallen war, ließ ich mich gegen die Wand sinken. Mein erster Impuls war es, an Kai-Uwes Tür zu trommeln und eine Erklärung von ihm zu verlangen. Aber ich tat es nicht, sondern blieb wie erstarrt stehen. Denn warum sollte ich Kai-Uwe nach etwas fragen, was ich längst wusste? Er hatte keine Freunde. Das war der Grund, wieso er Pat als Trauzeuge gebucht hatte.

Wie zu erwarten war, schlief ich nicht besonders gut in dieser Nacht. Ruhelos wälzte ich mich hin und her und grübelte. Als ich morgens ins Bad wankte und in den Spiegel schaute, bekam ich einen regelrechten Schreck. Die Ringe unter meinen Augen waren so tief wie Ackerfurchen und meine Haut war fleckig. Am liebsten hätte ich die Hochzeit abgesagt und irgendwann nachgeholt. Dann, wenn ich es einigermaßen verkraftet hätte, dass neben mir am Traualtar ein Mann stand, der sich einen Trauzeugen mieten musste. Und wenn ich nicht mehr aussah wie ein Zombie. Aber wie sollte das gehen? Meine Großeltern hatten Tausende von Euros bezahlt, um dieses Fest zu finanzieren, es wurden über fünfzig Gäste erwartet, das Standesamt war gebucht, der Pastor engagiert, die Kirche geschmückt, das Essen bestellt … Ich konnte keinen Rückzieher mehr machen.

Dabei war ich so wütend auf Kai-Uwe! Und ich fragte mich, wie gut ich ihn überhaupt kannte. Wie hatte er mich nur so hintergehen können? Ich krallte meine Finger in den kühlen Porzellanrand des Waschbeckens. Sich einen Trauzeugen zu mieten, das war einfach lächerlich. Kein Wunder, dass Pat Kai-Uwe nicht ernst genommen hatte. Aber auch von ihm fühlte ich mich verraten. Wieso hatte er sich auf eine derart hirnverbrannte, fast schon unmoralische Aktion eingelassen? Und was an ihm war überhaupt echt und was geschauspielert? Das Mitgefühl, das er über den Tod meiner Eltern bekundet hatte, seine Berührung, der Blick, der mir so weiche Knie beschert hatte … O ja! Er verstand sein Fach. Seltsam, dass er in seinem Job anscheinend trotzdem darauf angewiesen war, sich auf ein solches Schmierentheater einzulassen.

Mir war nach Weinen zumute, aber anscheinend hatte ich alle meine Tränen in der letzten Nacht aufgebraucht, und so schniefte ich nur ein bisschen vor mich hin. Heute sollte der schönste Tag meines Lebens sein! Ich hatte mir solche Mühe mit den Vorbereitungen gegeben, und jetzt war alles verdorben. Bis dass der Tod euch scheidet … Der kirchliche Schwur, den ich schon in ein paar Stunden würde ablegen müssen, lastete plötzlich unglaublich schwer auf mir. Ich wusste ja noch nicht einmal, wie ich mit Kai-Uwe nach dieser Sache unbefangen reden sollte! Ganz abgesehen davon, dass ich gestern Nacht seinen Trauzeugen geküsst hatte. Leider hatte ich das trotz meiner Wut in Gedanken noch ein paarmal öfter getan. Und es nur einmal geschafft, ihm dabei in die Lippe zu beißen.

Die Vorstellung, Pat gegenübertreten zu müssen, war mir tatsächlich noch unangenehmer als die, Kai-Uwe zu sehen. Vielleicht hatte ich ja ausnahmsweise mal Glück, und er hatte sich aus dem Staub gemacht. Ganz ohne Hilfe von rosafarbenen Plüschhandschellen oder höchst effektiver Enthaarungscreme.

Kaum hatte ich mein Zimmer verlassen, um mich auf den Weg zum Frühstücksraum zu begeben – auch wenn ich nicht wusste, wie ich einen Bissen hinunterbringen sollte –, da kam er mir leider schon entgegen. Er musste auf mich gewartet haben.

„Kann ich kurz mit dir reden?" Seine Augenringe waren fast genauso tief wie meine, und seine sonst so lässige Haltung wirkte angespannt.

„Ja, aber wirklich nur ganz kurz. Ich muss gleich zum Friseur." Ich hielt den Blick auf den dunkelroten Teppich gerichtet.

„Dann findet die Hochzeit also statt?"

„Ja, natürlich. Was glaubst du denn?" Was für ein arroganter Kerl! Dachte er wirklich, ich würde einem Kuss so viel Bedeutung beimessen, dass ich deswegen die Hochzeit absagte? Oder dachte er, dass ich Kai-Uwe seine Lüge nicht verzeihen würde?

„Ich … ich war mir nicht sicher …" Täuschte ich mich oder war Pat rot geworden? Zwischen seiner Haar- und Gesichtsfarbe bestand gerade nicht viel Unterschied und von seinem früheren Selbstbewusstsein war nicht groß mehr etwas übrig. „Und was ich dir gestern schon sagen wollte. Also, der Kuss …"

Ich hob die Hand, damit er nicht weitersprach. „Ich entschuldige mich hiermit offiziell bei dir und möchte nicht, dass er jemals wieder erwähnt wird. Ich war betrunken und aufgeregt wegen der Hochzeit. Außerdem hättest du mich ruhig davon abhalten können", fügte ich trotzig hinzu. „Du warst viel nüchterner als ich."

Pat öffnete den Mund, um etwas zu sagen, aber ich schüttelte den Kopf. „Kein Wort mehr darüber!"

Er atmete ein und mindestens doppelt so lange wieder aus. „Gut! Und was sollen wir jetzt tun?"

„Was du tun sollst, weiß ich nicht. Ich gehe jetzt auf jeden Fall zum Frühstück und dann zum Friseur."

„Das meine ich nicht." Pat fuhr sich durch den Bart. „Sondern dass du jetzt bestimmt nicht mehr willst, dass ich Kai-Uwes Trauzeuge bin. Soll ich ihm sagen, dass ich plötzlich Fieber bekommen habe oder einen Magen-Darm-Virus?"

„Du könntest auch einen Blinddarmdurchbruch simulieren. Für dich als erfolgreichen Schauspieler ist das doch bestimmt ein Klacks", sagte ich sarkastisch. „Aber was auch immer du sagst: Ich nehme dein Angebot gerne an." Erleichterung machte sich in mir breit. Egal, wie schrecklich alles war, wenigstens musste ich mir jetzt keine Sorgen mehr um Oma machen.

Blöderweise trat die gerade mit James und meiner Schwiegermutter aus dem Aufzug. Alle drei hatten dicke Jacken an, und der Spaziergang an der eiskalten Morgenluft schien ihnen gutgetan zu haben, denn sie wirkten sehr vergnügt. Sogar James sah fröhlich aus. Als er uns sah, wedelte er wie wild mit seinem Stummelschwanz und zerrte Oma an der Leine an mir vorbei zu Pat. Er wuselte ihm um die Beine und hechelte dabei aufgeregt.

„Oh, er mag Sie!", rief meine Oma und lächelte Pat an. „Das ist selten bei Fremden."

Ich hob erstaunt die Augenbrauen. Hallo?! Pat war rothaarig und hatte einen Vollbart! War sie über Nacht erblindet?

Konstanze begrüßte Pat und mich mit ihren obligatorischen Luftküsschen und fragte dann Oma: „Habt ihr euch eigentlich schon kennengelernt? Das ist Patrick, Kai-Uwes Trauzeuge."

Mein Herzschlag setzte aus, um gleich darauf umso schneller in meiner Brust herumzupoltern. Nun war es aber wirklich so weit. Oma würde gleich der Schlag treffen! Wieso mussten die drei denn ausgerechnet jetzt auftauchen? Jetzt, wo Pat mir gerade angeboten hatte, sich schnellstmöglich aus dem Staub zu machen.

Doch meine Großmutter wirkte immer noch nicht besonders panisch. Allenfalls ein bisschen verwundert. „Nein, wir sind uns bisher noch nicht begegnet. Aber schön, Sie kennenzulernen. Ich bin Margarete." Sie hielt ihm die Hand hin, und Patrick drückte sie. „Bist du auf dem Weg zum Frühstück, Liebes?", erkundigte sie sich bei mir.

Ich nickte.

„Dein Großvater ist schon vorgegangen. Wenn du noch kurz mit auf mein Zimmer kommst, können wir zusammen gehen." Ihr fester Blick ließ kein Nein zu.

„Ja, natürlich", antwortete ich schicksalsergeben. Ich hatte mich schon gewundert, dass sie in Bezug auf Pat so gelassen geblieben war. Wahrscheinlich war es nur die Ruhe vor dem Sturm. Blieb mir denn gar nichts erspart?

18. Kapitel

Ich sollte recht behalten. „Wieso hast du gestern denn so getan, als sei dieser Patrick ein Fremder?", fragte sie, kaum dass sie ihre Jacke ausgezogen und an die Garderobe gehängt hatte.

„Kannst du dir das nicht denken?" Es fiel mir schwer, meine Tränen zurückzuhalten. „Er hat rote Haare und einen Vollbart. Ich wusste genau, dass du dich darüber aufregen wirst. Und glaub mir, ich habe wirklich versucht, ihn loszuwerden …" Meine Stimme versagte.

Oma nahm auf dem Sofa Platz. „Setz dich mal zu mir, Rosalie!", sagte sie und klopfte auf das Polster. Ich ließ mich erschöpft neben sie sinken, und sie griff meine Hand und sah mich ernst an. „Schätzchen, ich gebe zu, dass ich eine Zeit lang ein wenig … heftig auf solche Männer reagiert habe. Vor allem nach dem Tod deiner Eltern." Ich sah, wie sie schluckte. „Aber dann … Ich glaube, es ist höchste Zeit, dass ich dir mal etwas erzähle." Sie atmete tief durch, und als sie fortfuhr, war ihre Stimme wieder fester. „Du weißt doch, dass ich das Glück hatte, dass ein Mann den Krankenwagen gerufen und Erste Hilfe geleistet hat, als ich vor zwei Jahren beim Spazierengehen zusammengebrochen bin."

Ich nickte.

„Er hatte rote Haare und einen Vollbart."

„Was?" Hatte ich gerade noch zusammengekauert im weichen Polster des Sofas gehangen, saß ich nun kerzengerade. „Das hast du nie erzählt."

„Nein, das habe ich nicht", bestätigte Oma mir. „Aber jetzt lass mich weitererzählen: Als ich wieder zu mir kam und ihn sah, habe ich angefangen zu schreien. Nicht nur wegen der Schmerzen, sondern auch, weil ich furchtbare Angst hatte. Einen Augenblick dachte ich wirklich, ich sei gestorben und wäre in die Hölle gekommen."

„Du hast ihn für den Teufel gehalten?"

„Ja!" Ein Kichern purzelte über Omas Lippen. „Dabei hatte er eine Jeansjacke an. Auf jeden Fall hat er sich von meinem Geschrei nicht irritieren lassen, sondern ist bei mir geblieben, bis der Krankenwagen kam. Er hat meine Hand gehalten und mir Mut zugesprochen. Später im Krankenhaus haben mir die Ärzte gesagt, dass ich nur überlebt habe, weil er so schnell eingegriffen hat. Leider hat er keinen Namen und auch keine Nummer hinterlassen, sodass ich mich nie bei ihm bedanken konnte. Weißt du, Rosalie …" Oma drückte meine Hand und nun schimmerten auch in ihren Augen Tränen. „Dass deine Eltern gestorben sind, war mit das Allerschlimmste, was ich mir jemals hätte vorstellen können, und dass der Unfallverursacher rote Haare und einen Vollbart hatte … das hat mich noch mehr aus der Bahn geworfen. Aber nach meinem Unfall habe ich ein bisschen nachgeforscht und genügend Geschichten gefunden, die beweisen, dass es immer wieder solche merkwürdigen Zufälle gibt. Ich habe zum Beispiel von einer Frau gelesen, die innerhalb von vier Monaten gleich zweimal den Jackpot im Lotto geknackt hat. Und es gibt einen Mann namens Walter Summerford, der dreimal in seinem Leben von einem Blitz getroffen wurde und es überlebt hat. Selbst in seinen Grabstein hat dann einer eingeschlagen. Ist das nicht unglaublich? Der ganze Familienfluch, der seit Jahrhunderten von Generation zu Generation weitergegeben wurde, beruht wahrscheinlich auch auf solchen Zufällen. Und selbst wenn es ihn wirklich gäbe: Nachdem mein Retter auch diese Haarfarbe hatte, wäre er damit bestimmt aufgehoben." Sie versuchte sich an einem kleinen Lächeln. „Außerdem hat mir Konstanze bei unserem Spaziergang erzählt, dass der arme Heiner gestern Abend auf der glatten Straße gestürzt und auf den Kopf gefallen ist. Und dass Patrick ihn vorbildlich verarztet hat."

Das war also die offizielle Version der Geschehnisse des gestrigen Abends! Ich lachte auf. Nicht nur deswegen, sondern weil Oma mir eine riesige Last von den Schultern genommen hatte.

Aber sie war noch nicht fertig. „Ich weiß, ich hätte euch davon erzählen sollen. Das habe ich nicht getan, weil es mir peinlich war, dass ich jahrelang so überreagiert habe. Aber wenn ich gewusst hätte, dass ich dich mit dem Gerede von dem Familienfluch angesteckt habe …" Sie schüttelte betrübt den Kopf. „Deshalb meine ganz große Bitte an dich: Lass dir von Patrick nicht die Hochzeit verderben!"

Das konnte Patrick gar nicht. Kai-Uwe hatte das längst erledigt, dachte ich bitter, und sofort war das unbeschwerte Gefühl wieder verflogen.

„Bist du sehr aufgeregt?" Oma streichelte mir über die Wange. „Du siehst ein wenig blass aus." Selbst James, der während des ganzen Gesprächs vor uns gesessen und uns beobachtet hatte, schien mich mitfühlend anzuschauen.

„Nein, nicht so sehr. Es ist etwas anderes." So lange war es mir gelungen, nicht zu weinen, jetzt brach meine Selbstbeherrschung. „Pat … Also Patrick … Kai-Uwe kennt ihn gar nicht! Er hat ihn gemietet."

„Gemietet? Das verstehe ich nicht." Oma wirkte verwirrt. Wer konnte ihr das verübeln?

Ich brauchte mehrere Anläufe, weil meine Worte immer wieder von meinen Tränen erstickt wurden, aber schließlich schaffte ich es, ihr von den Notizen zu erzählen, die ich bei Pat gefunden hatte, und von seinem Geständnis. „Er hat ihn engagiert, weil er keine Freunde hat. Ist das nicht … erbärmlich?"

Eine ganze Weile dachte Oma nach, bevor sie sagte: „Ich kann verstehen, dass du dich hintergangen fühlst. Aber ein bisschen kann ich auch Kai-Uwe verstehen. Dem armen Kerl war es wahrscheinlich furchtbar unangenehm, dass er niemanden hatte. Und du weißt ja gar nicht, wen er alles darum gebeten und wer ihm vielleicht alles abgesagt hat."

Aus dem Blickwinkel hatte ich es tatsächlich noch nicht betrachtet. Trotzdem …

Oma reichte mir ein Taschentuch, das ich dankbar annahm. „Ich möchte dir von einem Zitat aus meinem Lieblingsbuch erzählen", sagte sie. „Es stammt von Rosamunde Pilcher, und es heißt Die Muschelsucher. Rosamunde Pilcher schreibt darin: Lieben bedeutet nicht, Perfektion zu finden. Lieben bedeutet, die schrecklichsten Fehler zu verzeihen. Und ich glaube, so schrecklich ist der Fehler, den Kai-Uwe gemacht hat, gar nicht gewesen, oder?" Sie zog mich an sich.

Ich ließ meinen Kopf auf ihre Schulter sinken. Da hatte Oma recht. Aber was war mit den anderen Fehlern von Kai-Uwe, über die ich künftig folglich auch hinwegsehen musste: seine subtilen Spitzen über mein zugegebenermaßen nicht existentes Sportprogramm und meine kohlenhydratreiche und zuckerhaltige Ernährung. Dass er so wenig Zeit für mich hatte und seine Arbeit oft das Wichtigste für ihn zu sein schien. Dass er mir letztes Jahr zu Weihnachten ein Snowboard geschenkt hatte, obwohl ich noch nie auf einem solchen Ding gestanden hatte – und es auch nicht vorhatte. Dass ich mich fragte, ob er auch mit Geräusch lachen konnte. Seine Distanziertheit mir gegenüber und mein untrügliches Gefühl, niemals zu seinem innersten Kern vorgestoßen zu sein. Oh Gott! Meine Kehle schnürte sich zusammen. Mir hätte schon viel früher auffallen müssen, dass es wohl eher der Wunsch nach einer eigenen Familie gewesen war, der mich zu Kai-Uwe hingezogen hatte, als tiefe Gefühle für ihn. „Du hast recht", stieß ich aus. „Der Fehler, den er gemacht hat, war nicht so schrecklich, aber ich liebe ihn nicht!"

Ich spürte, wie Oma zusammenzuckte, aber anstatt mir gut zuzureden, dass das doch sicher nicht stimmte und ich nur aufgewühlt sei, sagte sie ruhig: „Dann solltest du ihn auch nicht heiraten."

„Aber die Hochzeit … sie hat euch so viel gekostet."

„Das ist nur Geld." Oma reichte mir ein neues Ta-schentuch.

„Und was soll ich Kai-Uwe sagen? Und den ganzen Gästen?" Ich vergrub meine Nase im weichen, nach Chanel-N°5 riechenden Stoff ihres Angorapullovers.

„Die Wahrheit. Etwas anderes bleibt dir nicht üb-rig."

19. Kapitel

„Haben Sie Ihren Schlüssel vergessen?", fragte das Zimmermädchen, das gerade zum zweiten Mal seinen Putzwagen an mir vorbeischob. Bestimmt fünf Minuten stand ich nun schon vor Kai-Uwes Zimmertür.

„Nein." Ich wartete, bis die junge Frau im gegenüberliegenden Zimmer verschwunden war, und ließ meine Stirn gegen das helle Holz sinken.

Wenn ich ganz ehrlich zu mir war: Tief in meinem Herzen hatte ich es immer gewusst, dass Kai-Uwe nicht die Liebe meines Lebens war. Ich hatte es mir nur nicht eingestehen wollen. Weil ich mich wie verrückt nach einer Familie gesehnt hatte. Nach Omas Herzinfarkt hatte ich solche Angst gehabt, auch noch meine Großeltern zu verlieren und dann endgültig allein dazustehen.

Ich beneidete meine Freundinnen und Kolleginnen um ihre großen Familien und konnte nie verstehen, wenn sie darüber jammerten, dass schon wieder ein Geburtstag anstand. Nachdem ich mit Kai-Uwe zusammengekommen war, hatte ich das erste Mal das Gefühl, auch einer solchen Familie anzugehören, und ich hatte mich darauf gefreut, sie durch meine Kinder bald noch größer zu machen.

Aber ich konnte Kai-Uwe unmöglich heiraten, nur weil ich Angst hatte, die arme Tante Rosalie zu werden, die keinen abgekriegt hatte und die aus Mangel an eigenen bereitwillig die Kinder ihrer Freundinnen hütete. Die einsame Rosalie, die nicht einmal Tanten und Onkel und Cousins und Cousinen hatte, weil ihre Eltern genau wie sie Einzelkinder gewesen waren …

In meinem Hals bildete sich ein Kloß. Nein! Ich hatte die richtige Entscheidung getroffen. Aber auch wenn ich das wusste, graute es mir davor, mit Kai-Uwe zu sprechen. Eine Hochzeit abzusagen – am Hochzeitsmorgen –, das war etwas, was normalerweise nur in Büchern oder Filmen vorkam. Mir zumindest war kein Fall aus meinem weiteren Umkreis bekannt. Außerdem hatte ich Angst vor der Reaktion meiner Schwiegereltern. Sie hatten mich freundlich aufgenommen, und nun würden sie mich hassen. Genau wie Kai-Uwe. Ich presste die Zeigefinger in meine Augenwinkel, um nicht schon wieder anzufangen zu weinen.

Ich musste dreimal tief ein- und ausatmen, bis ich mich dazu in der Lage sah, die Hand zu heben und anzuklopfen.

Es dauerte eine ganze Weile, bis ich Schritte hörte, und Kai-Uwe die Tür öffnete. Er trug Boxershorts und T-Shirt und sah verschlafen aus.

Ich trat ein.

„Wie viel Uhr ist es?", fragte er erschrocken.

„Erst halb neun."

Kai-Uwe atmete auf. „Ich habe mir den Wecker auf sieben gestellt, aber ich kam erst um drei aus der Notaufnahme. Ach, das weißt du ja noch gar nicht." Er fuhr sich durch die zerzausten Haare.

„Doch. Pat hat es mir gestern Abend erzählt. Ich … Elisa und ich haben ihn getroffen, als Mark und er heimkamen."

Bei der Erwähnung von Pats Namen hatte sich Kai-Uwes Gesicht merklich verdüstert. „Weißt du auch die Sache mit der Torte?"

Ich nickte. „Geht es Heiner gut?"

„Ja, ich hatte befürchtet, dass er eine Gehirnerschütterung hat, weil er ein bisschen neben sich gestanden hat. Aber es war nur eine Platzwunde am Hinterkopf, die geklammert werden konnte. Wir mussten so lange warten, weil es in einer Dorfdisco zu einer Massenschlägerei gekommen ist. Es hat leider auch nichts genützt, als ich sagte, dass ich heute heirate." Kai-Uwe verdrehte die Augen. „Bist du auf dem Weg zum Friseur?"

Ich schüttelte den Kopf.

„Hast du nicht um neun einen Termin?"

„Ja, aber den habe ich abgesagt." Ich konnte Kai-Uwe nicht in die Augen sehen.

„Du hast was? Wieso das denn?"

„Weil ich die ganze Hochzeit absagen möchte", flüsterte ich. „Es tut mir so leid."

Kai-Uwe sah noch verdatterter aus als gestern, als Pat ihm eröffnet hatte, dass er am selben Abend seinen Junggesellenabschied feiern würde, doch dann kniff er seine Augen zusammen. „Das ist nicht lustig, Rosalie!"

„Ich weiß." Tränen strömten über meine Wangen, und Kai-Uwes Gesicht verschwamm vor meinen Augen.

„Aber wieso? Was ist denn los mit dir? Ist es wegen der Sache mit der Stripperin? Es war nicht meine Idee, in den Stripclub zu gehen, das musst du mir glauben! Und ich habe mir auch keine Hochzeitstorte gewünscht, aus der eine halb nackte Frau springt. Wenn Pat dir das erzählt hat, lügt er." Kai-Uwe packte mich an den Schultern.

„Nein, das ist es nicht. Ich … ich weiß, wer Pat ist. Dass er Schauspieler ist und du ihn vorher überhaupt nicht kanntest." Ich schüttelte seine Hände ab. „Wie konntest du mich nur so anlügen?"

Kai-Uwe, der sich gerade noch vor mir aufgebaut hatte, sank dann in sich zusammen wie ein schmelzender Schneemann. „Du weißt es von Pat, oder? Er hat die ganze Zeit nur darauf gewartet, mich auffliegen zu lassen. Das habe ich in der Schrannenhalle schon gemerkt." Er ballte eine Hand zur Faust. „Ich hätte einen meiner Arbeitskollegen fragen sollen."

War das alles, was ihm einfiel? Wäre die ganze Sache nicht so unglaublich traurig gewesen, hätte ich vielleicht gelacht. „Ja, genau. Oder deinen Bruder."

Kai-Uwe überhörte meinen Sarkasmus und schnaubte. „Bestimmt nicht. Die Blöße hätte ich mir nicht gegeben. Wahrscheinlich hätte er sich über mich kaputtgelacht, über den armen Wicht, der in den letzten Jahren so mit Arbeit beschäftigt war, dass er überhaupt keine Zeit mehr für Freunde hatte. Weil er seinen Eltern unbedingt beweisen wollte, dass er mindestens genauso viel draufhat wie sein Bruder. Als könnte mir das jemals gelingen." Seine Stimme war bitter geworden. „Wie auch! Frank war mir immer einen Schritt voraus. Abi mit 1,0 gemacht, das Studium mit 1,2 beendet. Er hat die Firma übernommen, die perfekte Frau gefunden, perfekte Kinder bekommen … Ich hätte nie mit ihm mithalten können, egal, wie sehr ich mich angestrengt hätte."

Plötzlich verstand ich, und obwohl ich Kai-Uwe nicht mehr wollte, tat die Erkenntnis doch weh. Ich musste mich sogar an der Wand abstützen, weil mir auf einmal ganz schwindelig war. „Dann hast du mich nur dazu gebraucht, deinen Bruder zu übertrumpfen?"

„Natürlich nicht", sagte Kai-Uwe. Doch als ich seinem Blick unbeirrt standhielt, senkte er die Lider. „Ja, ich habe mir all das, was er hat, auch gewünscht. Und du, du bist so hübsch und freundlich und stammst aus einer guten Familie. Jeder mag dich … auch meine Eltern. Aber …"

„Aber was?"

Wie ein Wurm wand sich Kai-Uwe unter meinem Blick. „Vielleicht bin ich momentan einfach nicht so der Typ für feste Beziehungen. Die Partnerschaft in der Kanzlei, die viele Arbeit … Wenn ich ganz ehrlich bin, habe ich mir in den letzten Wochen manchmal gedacht, dass ich mit dem Antrag noch hätte warten sollen." Er straffte die Schultern. „Trotzdem sollten wir das jetzt durchziehen. Es ist schließlich alles organisiert."

Was für ein Idiot! Ich hätte Kai-Uwe jetzt vermutlich anschreien oder irgendetwas nach ihm werfen sollen, aber ich konnte nicht wütend auf ihn sein. Denn ich war nicht besser als er. Im Grunde hatten wir uns beide gegenseitig nur benutzt.

„O nein, das sollten wir nicht", widersprach ich. „Denn wenn man zu einem Menschen Ja sagt, dann sollte man das auch von ganzem Herzen tun. – Kannst du das?"

Kai-Uwe schwieg ein paar Sekunden, bevor er wortlos den Kopf schüttelte.

„Ich kann es auch nicht."

20. Kapitel

Ich stand vor dem *Hotel am See* und wartete auf Elke, Elisa und Mark. Auch nach einer halben Kanne schwarzem Kaffee und zwei Kopfschmerztabletten ging es ihm immer noch furchtbar, und von mir aus hätte er gerne im Bett bleiben können, aber Elisa hatte darauf bestanden, dass er uns begleitete. „Wer abends feiert, kann am nächsten Tag auch mit in die Kirche", hatte sie streng gesagt und dann etwas versöhnlicher hinzugefügt: „Er kann sich ja anschließend hinlegen. Essen wird er heute bestimmt sowieso nichts mehr."

Meine Großeltern waren schon vorgefahren, und Oma hatte vor Aufregung ganz rote Bäckchen gehabt.

Kai-Uwe und ich hatten seinen Eltern gemeinsam verkündet, dass wir die Hochzeit absagen würden, weil wir gemerkt hatten, dass unsere Gefühle füreinander nicht so stark waren, dass wir uns ewige Liebe und Treue schwören konnten. Konstanze hatte daraufhin eine Art Nervenzusammenbruch erlitten. Vor allem beschäftigte sie, was denn jetzt die Leute sagen würden – unter den Gästen waren mehrere ihrer Freundinnen aus dem Lions Club. Kai-Uwes Vater musste erst mal zwei Schnäpse trinken. Danach war er aber auch der Meinung, dass eine Ehe auf dieser Basis wenig Sinn machte, und beschloss, dass alle noch bis zum nächsten Tag in Hohenschwangau bleiben sollten. Die Zimmer waren sowieso bezahlt, hatte er pragmatisch erklärt. Genau wie das Essen. Und eine kirchliche Zeremonie würde trotzdem stattfinden.

Meine Großeltern hatten nämlich spontan entschieden, das Beste aus der Situation zu machen und ihren eigenen Treueschwur zu erneuern. Vor Gott und allen Gästen, die bereit waren, mit ihnen zu feiern. Letztendlich hatte sich auch Konstanze dem Drängen ihres Mannes gefügt und war geblieben. Genau wie Großonkel Heiner, Kai-Uwes Bruder Frank mit seiner Familie, meine Freunde und die Kollegen vom Verlag. Nur Kai-Uwes Arbeitskollegen und Konstanzes Freundinnen waren schon wieder abgefahren oder waren dabei, aufzubrechen.

So wie Pat, der gerade mit der Reisetasche über der Schulter aus dem Hotel trat. Ich duckte mich hinter einen mit Schleifen und roten Kugeln geschmückten Weihnachtsbaum. Doch es war zu spät. Er hatte mich bereits gesehen und kam auf mich zu. Es musste an der Aufregung der letzten Stunden liegen und an dem wenigen Schlaf, dass ich mich bei seinem Anblick ganz zittrig fühlte.

„Ich wollte mich von dir verabschieden", sagte er. „Und dir noch einmal sagen, wie leid mir das alles tut. Wenn ich gewusst hätte … Ich hätte nie …"

„Schon gut. Im Grunde kannst du ja nichts dafür." Ich betrachtete intensiv meine Fingernägel. Obwohl ich sie gestern erst lackiert hatte, löste sich am Daumennagel bereits der Lack, weil ich die Angewohnheit hatte, daran herumzuzupfen, wenn ich nervös war. „Kai-Uwe und ich … das wäre niemals gut gegangen. Es war besser, dass wir es gerade noch rechtzeitig gemerkt haben.

Wohin geht es denn jetzt? Ich nehme nicht an, dass du wirklich in Edinburgh lebst."

Er schüttelte den Kopf. „Ich wohne in Augsburg. Ist nur ein Katzensprung von hier."

„Auf Weltreise wirst du dann am Montag wohl auch nicht gehen."

„Nein. Die sollte nur erklären, wieso ich nach der Hochzeit nie wieder in eurem Leben auftauche. Wahrscheinlich wäre ich in Kolumbien von Rebellen entführt worden und verschwunden." Er grinste schief.

„War das deine Idee oder die von Kai-Uwe?"

„Meine."

„Da hast du dir ja wirklich ein fast schon oscarverdächtiges Drehbuch geschrieben", sagte ich ironisch. „Apropos Drehbuch: Es war ziemlich riskant von Kai-Uwe, einen Schauspieler als Trauzeugen zu buchen. Wenn du mal im Fernsehen oder auf einer Bühne auftauchst, hätte ich dich wiedererkennen können."

„Glaubst du wirklich, daran hätte ich nicht gedacht? Ich trage natürlich Perücke und Bart."

„Dann bist du gar nicht rothaarig?"

„Nein. Ich bin dunkelhaarig."

„Aber deine Augenbrauen!"

„Sind gefärbt."

Dann hatte ich also tatsächlich recht gehabt, als ich seine Haarfarbe ein wenig unecht gefunden hatte und seine Augenfarbe ungewöhnlich dunkel. Nicht einmal Sommersprossen hatte er. Was für ein Zufall, dass er sich ausgerechnet für rote Haare und einen Vollbart entschieden hatte und somit zu genau der Sorte Mann geworden war, vor der meine Oma mich mein ganzes Leben lang gewarnt hatte!

Ich erschauderte bei dem Gedanken, dass ich Kai-Uwe geheiratet hätte, wenn er mit seiner Naturhaarfarbe aufgetaucht wäre. Insofern musste man die ganze Angelegenheit wirklich schon als Schicksal bezeichnen. Ein Schicksal, das mir ausgesprochen günstig gewogen war.

Trotzdem war ich traurig. Die abgesagte Hochzeit bedeutete nicht nur den Abschied von Kai-Uwe, mit dem ich immerhin zwei Jahre zusammen gewesen war. Auch meine Hoffnungen auf eine große, glückliche Familie und Kinder musste ich vorerst begraben. Außerdem war in neun Tagen Weihnachten. Kai-Uwe und ich hatten vorgehabt, einen Tag vor Heiligabend in ein Wellnesshotel mitten in den Dolomiten zu fahren und dort bis nach Silvester zu bleiben. Nun würde ich das Fest mit meinen Großeltern feiern. Und ein bisschen traurig machte es mich, wenn ich ganz ehrlich war, auch, dass ich mich nun von Pat verabschieden musste. Elisa kam mit ihrem mintgrünen Fiat Punto vom Parkplatz heruntergefahren.

„Ich muss los", sagte ich zu Pat. „Sonst komme ich zu spät."

Ich streckte ihm die Hand hin. Er ergriff sie und hielt sie fest. Dabei sahen wir uns in die Augen. Lange. Genau wie gestern Nacht. Und genau wie gestern begann es in meinem Magen zu rumoren. Nur, dass ich heute Morgen stocknüchtern war. Dieser Mann! Was machte er nur mit mir? Es kostete mich unglaubliche Selbstbeherrschung, meinen Blick aus seinem zu lösen und ihm meine Hand wieder zu entziehen. Okay, ehrlich gesagt war es eher Elisas Hupen als meine Selbstdisziplin, die mich dazu brachte. Sie kurbelte die Scheibe hinunter und rief zu uns herüber: „Willst du, dass deine Großeltern allein in der Kirche stehen?"

„Ich komme gleich!" Aber zuvor musste ich von Pat noch etwas wissen. „Heißt du wirklich Patrick?"

„Nein, Jannis."

Natürlich. „Hast du eigentlich in irgendeinem Punkt die Wahrheit gesagt?" Meine Stimme war leise geworden.

Er schwieg einen Moment, bevor er genauso leise antwortete: „Ja, als ich dir im Schwimmbad gesagt habe, dass du mir gefällst. Ich finde, dass du eine starke, mutige, liebenswerte, witzige und wunderschöne Frau bist, Rosalie. Das alles war nicht gelogen. Kai-Uwe muss noch bescheuerter sein, als ich dachte, dass er nicht mehr um dich gekämpft hat."

Ich schluckte und erlaubte mir noch einmal, mich in seinen braunen Augen zu verlieren. „Danke", sagte ich. Dann drehte ich mich um und lief zu dem Fiat.

„Ach, Rosalie, wein doch nicht!", tröstete mich Elke, als ich mit Tränen in den Augen zu ihr auf den Rücksitz stieg.

„Tu ich doch nicht. Es ist … nur die Kälte."

„Mir brauchst du nichts vorzumachen." Elke tätschelte meinen Arm. „Und wer wäre an deiner Stelle nicht traurig? Aber glaub mir, es war besser so. Kai-Uwe hat so jemanden wie dich doch gar nicht verdient. Er war einfach nicht der Richtige."

„Du hast recht", sagte ich und schaute Pat alias Jannis hinterher, der in ein altes und ziemlich klappriges Auto stieg und davonfuhr. Aber vielleicht hätte er der Richtige sein können, wenn ich ihn unter anderen Umständen kennengelernt hätte.

Epilog

Eine Woche später

„Findest du nicht, dass die Frau ziemlich lange bei den Backbüchern steht?", fragte Elke. „Ich habe auf die Uhr geschaut. Eine Viertelstunde lungert sie dort schon rum. Sie wird doch wohl keins klauen wollen?"

„Hoffentlich nicht!" In dieser Adventszeit war in der Buchhandlung wirklich der Wurm drin. Erst der Opa mit der Beinprothese und dem Faible für Daniela Katzenberger. Und Anfang dieser Woche hatte doch tatsächlich ein absolut harmlos aussehender Mann, Typ Familienvater, einen unserer Dekoengel unter seinem Mantel verschwinden lassen. Es war aufgefallen, weil eine blonde Locke und die Spitze eines Flügels zwischen Kragen und Schal hervorgelugt hatten. Normalerweise hätte ich die Polizei rufen müssen, aber der Mann hatte angefangen zu erzählen, dass er alleinerziehend und arbeitslos sei und kein Geld habe, um seiner Tochter etwas zu Weihnachten zu kaufen. Und sie habe sich doch schon immer einen solchen Engel gewünscht. Ich hatte Elisa überredet, ihn ziehen zu lassen – mit dem Engel – und war in meiner Pause zu Kaufhof gehetzt, um einen neuen zu besorgen.

Den nächsten Dieb würde ich anzeigen, das hatte ich mir fest vorgenommen. Egal, welche Ausrede er mir auftischte, und egal, ob in zwei Tagen Weihnachten war.

„Sie tut es", flüsterte Elke. Die Frau hatte ihre Handtasche geöffnet – und zog ein Taschentuch hervor. Damit wischte sie sich über die Augen.

„Sie weint", stellte ich fest.

„Beim Durchblättern eines Backbuchs?"

„Vielleicht hat sie sich von jemandem getrennt, der Bäcker ist. Oder sie hat in diesem Jahr ihre Mutter verloren – und mit der hat sie immer gebacken."

Gründe, wieso man plötzlich in Tränen ausbrach, gab es viele. Ich zum Beispiel hatte Anfang der Woche in der Bahn angefangen zu weinen, weil mir gegenüber ein Kind saß, das einen Liebesapfel aß, der mit weißer Schokolade überzogen war. Auf der Feier, die nach dem Treuegelöbnis meiner Großeltern stattgefunden hatte, hatte es einen solchen Apfel zum Dessert gegeben. Der Feier, die eigentlich meine Hochzeit hätte sein sollen. Und gestern war ich in Tränen ausgebrochen, weil vor mir im Supermarkt jemand an der Kasse stand, der einen Weihnachtsstern im Einkaufswagen liegen hatte. Weil er mich daran erinnert hatte, dass in drei Tagen Heiligabend war. Sonst freute ich mich immer darauf. In diesem Jahr hätte ich das Fest am liebsten ausfallen lassen.

Ich hatte meiner Oma versprochen, nach der Arbeit einen Weihnachtsbaum kaufen zu gehen. Morgen wollten wir ihn gemeinsam schmücken. Außerdem hatte Opa schon alle Zutaten eingekauft, damit sie mir mein Lieblingsweihnachtsessen kochen konnte: Ente mit Rotkraut, Klößen und glasierten Maroni. Hinterher würde es Zimtparfait mit Punschsoße geben.

Normalerweise verschlug es mir nie den Appetit. Im Gegenteil. Aber die ganze Woche hatte ich kaum etwas hinunterbringen können, und meine Kleider saßen fast beunruhigend locker. Normalerweise war das die Zeit im Jahr, zu der ich den guten Vorsatz fasste, ab Neujahr eine Weight-Watchers-Diät zu machen. Das würde dieses Mal wohl nicht nötig sein.

„Ich gehe mal zu ihr und frage, ob ich ihr helfen kann." Elke verschwand.

Ich selbst blieb, wo ich war. An der Kasse. Im Augenblick sah ich mich nicht dazu in der Lage, jemandem Trost zu spenden. Ich würde höchstwahrscheinlich mitweinen. Mein Blick blieb an dem dunkelhaarigen Mann hängen, der schon seit ein paar Minuten am Kartenständer herumlungerte. Anscheinend hatte er sich jetzt entschieden, denn er zog eine Karte heraus. Doch anstatt damit zu mir an die Kasse zu kommen, nahm der dreiste Kerl tatsächlich einen Kugelschreiber aus der Tasche seiner Jacke, legte die Karte auf einen Stapel Bücher und schrieb etwas hinein. Die Leute wurden wirklich immer dreister! Wieso bezahlte er sie denn nicht zuerst? Wahrscheinlich, weil er es gar nicht vorhatte. Und wenn ich ihn darauf ansprach, würde er behaupten, er habe die Karte mitgebracht.

Endlich war er fertig und schaute hoch. Sein Blick blieb an meinem hängen. Er hatte gemerkt, dass ich ihn dabei beobachtet hatte, wie er etwas in die Karte gekritzelt hatte. Na, jetzt war ich auf seine Erklärung gespannt!

Irgendetwas an ihm kam mir bekannt vor, als er jetzt zu mir an die Kasse kam. War es seine Körperhaltung? Oder hatte ich seine Jacke schon einmal gesehen? Erst als er vor mir stand, wusste ich es.

„Pat … äh … Jannis?", fragte ich vorsichtig.

Er lächelte mich an. „Ich war gespannt, ob du mich erkennen würdest."

Er war es! Mein Herz fing wie verrückt an zu rasen. Ohne die rote Perücke und den falschen Bart sah er ganz anders aus. „Was machst du hier?"

„Ich habe mal wieder eine Karte gebraucht." Er legte sie mir auf den Tresen. *Gutschein* stand darauf.

„Und so etwas bekommt man in Augsburg nicht?"

Er schüttelte mit ernster Miene den Kopf. „Ich habe mir sagen lassen, dass die Karten, die es bei euch gibt, die schönsten in ganz Bayern sind."

„Blödmann!", antwortete ich, aber ich lächelte dabei.

„Ich gehe stark davon aus, dass dir diese Beleidigung leidtut, wenn du die Karte liest."

„Der Gutschein ist für mich?" Plötzlich war ich ganz aufgeregt, und ich hoffte, dass ihm nicht auffiel, wie sehr meine Finger zitterten, als ich die Karte aufklappte.

… für einen Besuch auf dem Weihnachtsmarkt!

… stand darin.

„Du hattest letzten Freitag gesagt, dass du wegen der ganzen Hochzeitsvorbereitungen noch gar keine Zeit dafür gehabt hast. Und da dieses Wochenende die letzte Gelegenheit dafür ist …"

Das hatte er sich gemerkt! Ich war ganz gerührt.

„Der Marzipanstand steht auch noch", fuhr Ex-Pat fort. So richtig konnte ich mich noch nicht an den Namen Jannis gewöhnen. „Und ob du es glaubst oder nicht: Es gibt Crêpes mit Raffaellogeschmack. Du siehst, ich habe ausführlich recherchiert. Und: Was sagst du?" Er sah mich an. „Darf ich dich nach Feierabend abholen?"

„Ja!", antwortete ich, und ich merkte, dass ich über das ganze Gesicht strahlte, wie ich es schon seit zwei Wochen nicht mehr getan hatte. Ach, was: seit Monaten vermutlich nicht mehr. Denn dieses Ja konnte ich aus tiefstem Herzen sagen.

Danksagung

Drei Jahre ist es her, dass ich mit „Zimtzauber" für mich völlig überraschend einen Nummer-1-Weihnachtshit gelandet habe, und genauso lange spuken die „Marzipanküsse" schon in meinem Kopf herum. Denn dass ich nicht vorhatte, mich endgültig von Elisa, Elke und Rosalie zu verabschieden, war klar. Doch leider kamen in den letzten beiden Jahren so viele Projekte dazwischen, dass ich mein Vorhaben erst einmal aufschieben musste. Dass ich dieses Jahr die Zeit dafür gefunden habe, „Marzipanküsse" doch noch zu schreiben, und sie nun vor mir liegt, freut mich unglaublich. Vielleicht küsst mich ja in den nächsten Wochen die Muse, und mir fällt noch eine schöne Geschichte für Elke ein. Lust hätte ich, und ich finde, auch sie hat ein Happy End verdient.

Aber nun möchte ich mich erst einmal bei den Menschen bedanken, die mir so sehr geholfen haben:

Danke, Marah Woolf und Nikola Hotel, dass ihr mir beim Exposé mit Rat und Tat zur Seite gestanden habt – und dafür, dass wir in den letzten Jahren nicht nur Kollegen waren, sondern Freundinnen geworden sind.

Danke Anne Fröhlich, für so viele Bücher, die du von mir lektoriert hast. Ich habe es nachgezählt: „Marzipanküsse" ist unser 10.

Danke, Isabelle Deckert, für den zweiten Lektoratsdurchgang. Dein begeistertes Feedback hat mich so sehr motiviert, und deine vielen tollen Anmerkungen haben die Geschichte noch um einiges besser gemacht.

Danke Sybille Weingrill, dafür, dass du so kurzfristig das Korrektorat übernommen hast.

Danke meinen fleißigen Testlesern, die sich noch vor Buchstart auf Fehlersuche begeben haben: Daniela Müller, Larissa Weidner, Simone Krumschmidt, Patricia Maris, Michaela Schmidt, Marie Lanfermann, Verena Schulze, Franziska Koschke, Melanie Burmester, Sarah Czernik, Saskia Heile, Sinem Karanfil, Anya Peters, Melanie Bielke, Daniela Stecker, Sandra Albert-Terasa und Malin Trümper.

Und danke euch Leserinnen und Lesern! Ich hatte so viel Spaß beim Schreiben, und ich hoffe, ihr hattet genauso viel beim Lesen.

Noch etwas zum Schluss: Wenn euch meine „Marzipanküsse" gefallen haben, dann hinterlasst mir doch bitte eine Rezension in den Onlineshops, in denen ihr das Buch gekauft habt. Das muss auch gar kein langer Text sein. Ein paar Sätze, in denen ihr eure Begeisterung ausdrückt genügen. Positive Rezensionen sind für den Erfolg eines Buches sehr wichtig – und für das Ego eines Autors. Schreibt mir auch gerne auf Facebook, Instagram oder meiner Homepage www.katharina-herzog.com. Ich freue mich über jede Nachricht und antworte euch bestimmt.